少女地獄

夢野久作

林皎碧——譯

目次

什麼都不是

白鷹秀麿兄　足下

白杵利平

前日在丸之內俱樂部的庚戌會得以短暫拜見，感到十分榮幸，我是與您同樣畢業於九州帝國大學耳鼻學科的學弟。去年，也就是昭和八年的六月上旬，在橫濱市宮崎町開始掛上臼杵耳鼻科的招牌，突然冒昧寄出這封信函，失禮之處還請見諒。

姬草百合子已自殺身亡。

她人如其名般楚楚可憐，清純無邪，卻在詛咒您和我的情況下而自殺。由於那個如鴿子胸的小小心靈產生許多毫無根由的妄想，別說是您和我的家庭，就連整個東京都的新聞報導、警視廳，還有神奈川縣司法當局，全被當成構築那個虛構天堂的材料而捲進去，反倒她這個描繪某種令人戰慄之地獄繪卷的本人，終究不得不葬身在自己創作的地獄繪卷深淵。她以自己的死要為那幅地獄繪卷的真實存在背書，應當也想把我等推下佛教所謂永劫戰慄的恐怖無間地獄當中……

乍看之下，她所虛構的內容只是一連串平平凡凡、不足掛齒的事情，然而其背後的脈動卻有神乎其技的可怕少女心理作祟。她對於那種心理作祟的執著，我有不能不對您逐一說明、剖析的責任。

而且就在今天下午，某個意想不到的不知名人物，讓我的雙肩扛起這個極其困難的異樣責任……因此這一份特殊的報告書，依序就從這位不可思議的不知名人物開始寫起。

那是發生在今天下午一點的事。

我因為動完腦膜炎病患手術，疲憊萬分躺在沒有門診病患的診間長椅上，聽著透過玻璃窗外的橫濱港傳來的汽笛聲，伴隨窗下往來行人的吵雜聲，就快睡著時，門口的電鈴突然響起，一位黑衣男子靜悄悄走進來。

我嚇一跳起身一看，是一位具有宛如外國電影中出現的名偵探風采的男子。他年約四十四、五歲左右，長臉、濃眉，挺拔而高雅的鼻梁左右是細長深邃的眼睛，眼中閃著銳利的黑色光芒，總之就像日本版福爾摩斯的感覺。他整體的膚色和我一樣屬於黝黑，體格修長而結實，身著剪裁合身筆挺的黑色禮服、全新黑絨帽、同樣黑色的漆皮鞋，手握銀頭蛇木杖，一派絲毫不容挑剔的態度與風度。他反手將診間的門輕輕地關上，環視一下只有我一人的診間後佇立不動，恭敬地脫下帽子，露出以頭髮巧妙遮蓋的圓禿頭，並頷首致意。

我輕率地認為這個人是第一次來的病患，站起來指著雅各賓軟包椅親切地招呼，「那麼，請坐。」然後又說道，「我是臼杵。」

不過，那位紳士依然宛如冷冰冰的黑影般佇立著。稍稍低頭俯視的表情好似在說……我知道……不過他一句話都沒說。只是把多毛無光的手伸進西裝背心的口袋，拿出一張卡片模樣的紙張，意味深長地瞄我一眼，就把紙張放置在一旁的小桌上並挪向我面前。

以致我竟然可笑地認為……來了一位啞巴病患……拿起紙張一看，筆跡猶如小學生般稚拙卻明明白白寫著：「知道姬草百合子的行蹤嗎？」

我愕然地抬頭看著男子。他的身高約有一百七十四、五公分吧？

「……呵呵。不清楚啊。因為她一聲不響就走了……」

我立刻如此回答，就在那一瞬間直覺到……難不成這男子就是姬草百合子背後的黑手嗎？說不定是來威脅我的吧……我立刻有所覺悟，真是亂來。但是表面上還是不動聲色，依然表現出一般開業醫師的態度繼續裝傻。……心中暗忖，還好不知道姬草百合子的行縱，若說知道的話，大概立刻就會被威脅吧？

那位紳士以黑色冰冷、執念甚深的眼神凝視露出那般表情的我十來秒後，又從背心內側拿出一個白信封，恭敬地放置在我眼前。帶著冷冷的笑好似要我……請看信……

白色信封內是到處可見的普通信紙，信紙上毫無疑問正是姬草百合子的筆跡，不知為何這封信既是髒到滲入紙張，又是不可思議顫抖的字體，令人不由得感到害怕。

白鷹醫師

臼杵醫師

我決定要自殺。為了不要給兩位添麻煩，所以我在築地婦科醫院，曼陀羅醫師的病房自殺。我因子宮疾病住院中，拜託曼陀羅醫師以我是死於白喉性心臟麻痺來處理。

白鷹醫師　臼杵醫師

您們兩位給我的溫情，還有不憎恨並溫暖接受我，把我當成親妹妹般疼愛的兩位醫師夫人的恩情，至死無法忘懷。因此我抱著為報答夫人們崇高、尊貴恩情的萬分之一這種心情，悄悄地自殺。我這小小的靈魂，從此以後將會永遠守護兩位醫師家庭的和諧。

只要我停止呼吸，閉上眼睛、閉上嘴巴，至今我所看到所聽到的一切事實，全都會成為毫無根據的謊言，我想兩位醫師就可以放心和賢淑、美麗的夫人維持和諧的家庭。

罪孽深重的百合子啊！

姬草百合子對世間已無任何希望。

如果連您們兩位有這般崇高地位，又有這般好聲望的醫師都不肯相信我所說的話，那我對這世間還抱什麼希望呢？有社會地位和有名望的人，即使說謊也會被當成真實。不諳世情的純真少女所說的話，即使是事實也會被當成謊言。活在這樣的世間，又有何意義呢？

永別了。

白鷹醫師　臼杵醫師

可憐的姬草百合子就要赴死了。

請放心吧！

昭和八年十二月三日　姬草百合子

為了讓您看到信的內容，我完全照抄已交給田宮特高[1]課長的原件。第一次看完這封信時，我其實毫無感覺，但仍然以目瞪口呆的裝傻表情，不在乎地回看對方的銳利眼神，並問道：

「啊，您就是信上所稱的曼陀羅醫師……」

「對。」

對方第一次開口說話。聲音沙啞而深沉。

「屍體已經處理了嗎？」

「火葬後已經把骨灰收起來……因為已經死去三天了。」

「完全依照姬草所託處理嗎？」

「對。」

「她如何自殺呢？」

「因嗎啡皮下注射而死亡。但是不知道嗎啡從哪來的……」

對方像在刺探似地看著我，而我依然面無表情地僵持著。

曼陀羅院長的眼神漸漸變得柔和起來。他輕輕張開因心情緊張而扭曲的嘴唇，說道：

「那是上個月……十一月二十一日的事情。姬草罹患嚴重的子宮內膜炎而住進我的醫院，卻又在別處感染白喉。好不容易我認為已經快要痊癒……」

「她是由耳鼻科醫師診療的嗎？」

「不是。白喉這種打針治療的病症，就算不是耳鼻科醫師，院內也可以處理。」

「原來如此……」

「那是我認為快要治癒的這個月三日晚上，十二點最後一次量體溫後，她好像自己注射嗎啡。四日，也就是……大前天早上，護士發現躺在床上的她已經成為冰冷的屍體……」

1 特高，日本特別高等警察的略稱，其任務為剷除危害國家根本的人和行為，也就是所謂的政治警察或思想警察。

「沒有護理人員或其他人照料嗎？」

「因為當事人說不需要……」

「簡直是……」

「因為細心化妝，也塗了腮紅和口紅，看起來不像已僵硬的屍體……和生前一樣面帶微笑。其實她應該是抱著痛苦的心情啊。這封遺書就放在頭下……」

「驗過屍嗎？」

「沒有。」

「為什麼？那不就違反醫師法嗎？」

對方靜靜地凝視著我。露出簡直就像惡徒般的冷笑。

「因為驗屍的話，怕這封信的內容就要被公開。這算是對同業的好意。」

「原來如此。謝謝。這麼說來您是相信百合子所說的話。」

「我不認為擁有那般姿色的女子會無緣無故自殺。若不是發生什麼事的話……」

「也就是說您相信那個姓白鷹的人物和我兩個人，把姬草百合子當玩具般玩弄後，突然無情地棄她而去才讓她自殺……您……」

「……是的，我就是為探詢是否有這種事才來的。因為我不希望把事端擴大……」

「您是姬草百合子的親戚嗎？」

「不是。沒有任何關係，只是……」

「哈哈哈。假如這樣的話，您和我們同樣是受害者之一。被姬草所欺騙，竟就違反醫師法。」

對方的神情，突然變得有如惡魔般可怕。

「豈有此理……證據在哪裡……」

「……要證據嗎？若把另一個受害者叫來，立刻就明白。」

「那就叫來。豈有此理……怎會這樣冒瀆一個清白無辜死者的說法。」

「叫來，真的沒關係嗎？」

「……務必叫來……拜託立刻就叫。」

我拿起桌上的電話筒，撥號到神奈川縣政府，請對方接到特高課長室。

「請問是田宮特高課長嗎？我是臼杵。臼杵醫院的臼杵。前幾天有關姬草那件事，謝謝多方幫忙……長話短說，百忙之中打擾實在很抱歉，可不可以拜託您馬上來醫院一趟？已經知道姬草百合子的行蹤。……不，已經死了。在某處……其實是又出現一個遭到姬草百合子欺騙的受害者。不是、不是。這次錯不了。可能被騙得很慘。築地醫院的一位曼陀羅院長……是的是的……雖然是不曾聽過的醫院，特地來說明如何掉進那女人的把戲而違反醫師法。對方說已將姬草自殺身亡的骨灰保管起來……是的、是的。雖然毫無道理卻是事實。目前在這裡等您過來。他說務必要您見面……啊、啊！喂喂……喂喂……曼陀羅院長要回去了。拿著帽子和手杖急匆匆離去。哈哈哈，已經走了。現在勇敢的護士跑出去送他了。請等一下。我去看他往哪個方向，再向您報告……啊！服裝嗎？簡單說，全身都是黑色系，穿了一套禮服。身高約一百七十四、五公分。皮膚黝黑，很像外國人般的高瘦紳士……啊。他忘記把威脅用的信帶走就跑了。哈哈哈。看來好像被這通電話嚇到。哈哈哈哈……啊，是嗎？那麼請您回家時，順道來我這裡一趟。因為還有事要商量。不，那就這樣……真是不好意思。再見。」

儘管田宮課長迅速下達逮捕令，終究沒抓到曼陀羅院長，直到今天傍晚都是杳無音信。因此他和她到底是何種關係？又是怎樣的人？為何能拿到她的遺書？從何時和她在一起，做了多少不正當的事？……實際的情況都無法推測。

不過田宮特高課長從神奈川縣政府回家順道來醫院，在聽取我提供的姬草百合子的一些新事證後，田宮特高課長認為這不是一件單純的事件，立即表明將以正式公文通知東京方面。雖然我認為有關她死亡的真相不久就能明瞭，在此之前，我感到自己有必要早些把有關她的一切事實向您報告，也有責任提供您日後參考，正因為有這種徹底的覺悟，所以才會提筆寫信給您。因為對於至今所發生的事感到太羞愧，曾經猶豫是否要向您報告……不……直到現在竟然無法和您相見一談，歸根究柢也許就是被那個不可思議的女子．姬草百合子的怪手段所魅惑以致腦髓痲痹吧……

首先，我想先確認的事是她……那個自稱是姬草百合子的可愛女子，就是去年三月春天在東都新聞的報導中以非常醒目的大標題所指的那個「謎團般的女人」。我把這個事實向今天會面的上述司法當局者說明後，他認定是「不單純的事件」，立即以察覺此事為由要發正式公文通知警視廳，不過依據報紙的報導（也許您還記得）聽說她不想讓警察發現和那個情夫（？）密會的地方，才會在密會地點附近打公共電話給警察。

「我被綁票了，被監禁在××的××屋子。我只是一個不經世故的少女。現在魔手就要伸向我，我趁著對方沒注意的空隙打電話。救命啊！趕快來救我！」

其內容大致如此，由於表演逼真，傳來的聲音又好像快斷氣般，致使當局的車子往錯誤方向追到愈離愈遠的遠方。從此以後她就這樣一再騷擾警方，後來才知道是同一個女人的惡作劇，當局非常憤慨，新聞記者則是見獵心喜……這就是事實的真相。

現在她的保證人已經明確認定，她具有一種不顧後果、荒謬不堪又形容不出來的揑造天分，這就是那個成為您所憂慮的女子，也是直到前陣子都還穿著白色制服在我的醫院忙來忙去的女子。至於認定的理由，也就是追究她的心理狀態後加以確認的事實，目前警察當局對於認定的事實並沒有絲毫的懷疑。

儘管如此，她不過是一名渺小的女子，竟然能在現今一切通信方法、交通工具如此便利的情況下，何況您與我這兩家人位於有如眼睛和鼻子般相距咫尺的東京和橫濱，在這麼長的時間裡，讓我們彼此都覺得奇怪，雖然想互相探問，但又總陷入無法碰面的不可思議、不愉快命運，同時甚至連她自己的命運也陷入不得不葬送的嚴重困境，她最根本的動機到底何在？

以下是從我的日記摘錄所做成的一份報告。當中和她相關之處可能和您的記憶有所重疊。可能也會有冒瀆您的人格的字句出現。另外，因為並不是敬體[2]的記錄書寫，也許會出現不禮貌之處，請勿見怪並請諒解。全都是將當時我的心境率直、如實地告白，且依照日記的記錄整理成文章的緣故……

姬草百合子是去年來到我的醫院，也就是昭和八年五月三十一日……開業前一天的傍晚。她穿著合宜卻稍嫌樸素的藍灰色和服，搭配鮮豔蔚藍色陽傘，腳踩嶄新的毛氈草履，手上提著一只籃子，落寞地佇立玄關。

「不知道這裡要不要雇用護士……」

當時我的姊姊和妻子松子為了診間的擺設正和家具廠商熱烈討論，不過我還是立刻安排她們見面，姊姊和妻子都很佩服她的勇氣。恰巧認為只雇用兩名護士，也許會人手不足……於是就把她帶到門診室，加上我三人一起面試，先試著問些問題並觀察看看。

「妳是看到報紙廣告才來的嗎？」

「不是。從電車的窗子剛好看到門口的醫院開業廣告，所以就下車了。」

「是這樣。妳是哪裡人？」

「青森縣H市。」

「父母親也都在那裡嗎？」

「是。我們是H市的大戶人家。」

「父母親的職業是……」

「我們家是釀酒廠。」

「啊！那實在真失禮，應該是很富裕的家庭。」

「嗯。雖然不是多麼富裕……不過父母親和哥哥都反對我到東京來，可是我認為自己的命運要自己去開創，又很想當護士……」

2 敬體，是日語、文中使用「です・ます」的形式，通常為表現自己的教養或對長輩、地位較高者說話時使用。

「那麼目前和父母親已經斷了音信嗎？」

「不，一直都有書信往來。還有我唯一的哥哥說要在東京開創事業，目前在丸大廈[3]的罐頭公司工作。」

「妳是哪個學校畢業的呢？」

「青森的縣立女子學校畢業。」

「妳有當護士的工作經驗嗎？」

「有。學校畢業立刻進入在信濃町K大的耳鼻科工作直到最近……」

「離開那裡的原因是……」

「……那個。因為有太多討厭的事……」

「討厭的事是怎樣的事呢？」

「……不能奉告。雖然很喜歡這個工作……」

「嗯。妳的保證人是……」

「這個。我可以拜託住在下谷為人梳頭髮的伯母。這樣可不可以呢？」

「為什麼不拜託哥哥呢？」

「因為一方面伯母比較懂人情世故，另一方面我到現在都還住在她家……今天也是伯母說不要一直躲在家裡，出去街上走一走，說不定會有什麼好工作，所以才……」

「妳的姓名是……」

「姬草百合子。」

「姬草百合子……今年幾歲？」

「滿十九歲又兩個月……不知道您們願不願意雇用我……」

僅只是這樣的問答，我們就決定要錄取她了。不光是我而已。她那種天真有如小鴿子的態度，晶瑩、清純的茶色雙瞳，和她宛如在路旁遭猛擊而求救的小鳥般惹人憐愛的模樣……還有她提著一只籃子在街上徬徨求職，那般堅強而

3 丸大廈，為丸之內大廈之簡稱，始建於一九二三年東京車站前，為戰前日本最巨大的大樓，號稱「東洋第一大樓」，很多歌曲及小說都以此為舞台。

令人心痛的命運，妻子和姊姊也都從心底被吸引了。

笑吧！我們這種廉價的感傷……任誰只要看一下這些問答，就會發現她的身世有不少矛盾點和令人懷疑之處，也會察覺到至少應該打電話向K大耳鼻科求證她的身分來歷後再決定雇用，這才是一般有常識的做法。

然而當時我們絲毫沒感覺到自己是如此輕率。我們也無法否認被她的容貌和說話方式所吸引，理應提醒自己不要捲入她周邊無數現實危險的一切常識，全都被她化為一種浪漫而強烈的同情。翌日，姊姊和妻子對她中意到兩人還互相商量。

「姊姊，那個小女生萬一當不成護士的話，就把她留下來當女傭吧！因為實在很可憐。」

「是啊！我也認為妳有這種打算。因為客人也會漸漸增多。」

不僅如此。另外還有一件事。這可以說是我的職業知覺吧？當我看到她時，第一眼注意到的就是她的鼻梁。

她的長相絕對不屬於美人。說到她的五官只能算是一般，雖然皮膚相當白皙，身高比起一般女人矮，約一百五十一公分吧？同時算是那張圓臉中心的小鼻子實在太扁平，眼睛和鼻子的距離顯得很遠，因而讓人覺得她人品好、天真無邪也是不爭的事實。

我在看到她第一眼的瞬間，就很想替她的小鼻子動隆鼻手術。只要注射些石蠟的話，鼻子就可以墊高。我認為她的小鼻子和鼻骨並不緊密，所以是極容易動手術的鼻形。來自這種職業知覺的愚蠢誘惑，在我的心底產生雇用她的決定也是不可否認的事實。

這個目的在不久後就圓滿達成。她進我醫院還不到一週，突然變成和以前完全不一樣的美少女，在醫院的簷廊下忙進忙出。絕對不是老王賣瓜自賣自誇，我替她做的隆鼻手術，效果出乎意外地驚人。動手術翌日早上，當我看到她薄施脂粉露出笑容道早安的瞬間……這真是不得了的大事，變成一個大美人了……差點嚇破膽。

然而我對她感到驚訝的事，還不止這樣而已。

她作為一名護士的本領可不是花拳繡腿。儘管在K大耳鼻科的訓練已是過去的事，我發現她實在是天才型的護士，打從心底嘖嘖稱讚。

她到醫院不久，我為某中年紳士進行鼻竇炎手術時，第一次叫她來當助手，她從我忙碌的指頭間，快速將脫脂棉往病患被切開的上唇，擦掉流出來的血，而且不會因此擋住我看著切開部位的視線。我看她這種精湛、俐落的動作，佩服到有些吃驚。這讓我深切感受到多年來那些縱使已經協助過無數次手術的資深護士，也很少人能夠敏銳感受到手術者的需求以及具有熟練俐落的動作。

然而她怎連開業醫應該如何對待病患的卓越理解力都具備呢？她讓我們一家人對她非常感激。醫院內的大小事，幾乎接近毫無道理完全委託給她，恐怕也因此如以下所敘述般，是我們默許她以「謎團般的女人」方式自由活動，無論對誰而言，這都是出乎想像之外的結果吧？

我從開業當初，就像大家一樣已經決定好工作時間。也就是上午十點到下午一點，下午三點到六點是看病診療時間，六點後就回到位於附近紅葉坂的自宅和家人共進晚餐。不過從一開始我也早有覺悟，身為開業醫，會有一回到家立刻被住院病人因為沒什麼大不了的病痛緊急叫回醫院的時候。還有，被分不清楚已經是三更半夜的病人叫回醫院之類的事情可能會一再發生。雖然這是作為醫師私下感到非常痛苦的事，我也盡可能親切去回應病患的需求。因為一般住院病患的心理狀態，不就是以去除痛苦為目的，以治療疾病為目的嗎……因此我早就做好覺悟的心理準備，然而出乎意料之外，自開業以來從不曾發生過那種事，漸漸開始感到不可思議。甚至暗忖難不成是家中電話沒安裝好嗎？實在是太奇怪了，還經常跟姊姊談起這件事，不過這種不可思議的事不久就解開謎底了。仔細注意後才明白，原來是姬草百合子一個人獨自處理掉這些事了。

她對於掌握病患從麻醉中醒來的適當時機、手術後開始訴說痛苦的時間，或是病患退燒後因體質所引起的痛苦情形之類，具有護士特有的……專業常識以上的親切敏感度。她總是在病患開口前就先把問題處理好，或是先告知情況並給予安慰。有時會自作主張幫病患清理耳鼻，更甚者事先沒問過我就替病患注射嗎啡，或使用其他止痛、麻醉等手段，這些都是我事後才知道，儘管如此病患好像都非常高興。因為若向其他護士訴說苦痛，得到的反應不是手足無措就是猶豫半天，她卻能快速地斷然處置讓病患平靜度過一夜，因此臼杵醫院姬草小姐的名聲，比我的名字還早在病患之間獲得好評，真是一點都不足為奇。對我而言當然是非常省事……

還不只是如此而已。

她具有天生的魅力是事實，而且這種魅力超越男女老少。關於這一點，我的家人對其手腕的佩服，除了一句「了不起」作為評價外，無法有其他任何批評。

對老人就像對待老人般，對小孩就像對待小孩般，對男人就像對待男人般，對女人就像對待女人般，如果說這種事算不了什麼，可是這樣對待所有病患的病狀一一親切問候，讓病患能夠信賴我這個院長，安心接受診察、動手術、無掛慮地住院，有時候她也會詢問病患家裡的事，給予同情、鼓勵、安慰，讓他們平安出院……這種本事，到底不是我們庸俗者所能及。連神經質、乖僻的老人，調皮搗蛋的孩子，每個人都是姬草小姐長、姬草小姐短，形成另外兩名護士彷彿不存在的狀態。雖然說來有些小家子氣，病患出院時，也有先向姬草道謝後再來向院長道謝的傾向……竟也有小孩哭著不肯出院回家，說是要跟小姬一起留在醫院。還有其他病患出院後，寄給姬草很長很長的謝函，在醫院坐櫃檯兼會計的姊姊驚訝不已地說道：「寄來重達得貼上十二錢郵資的信函，怎會這樣呀？」

更為驚人的事實（其實或許是理所當然的結果），就是託她的福，我的病患顯著激增。就這一點上，對於我的開業有非常大助益，同時不能不感謝她……這個名為姬草百合子的看板人物兼福神。來看診的病患甲、乙、丙、丁，無論什麼事都要找姬草小姐、姬草小姐，從這情況看來，宛如臼杵醫院是由姬草百合子所開業，雖然自信多少有些本事，可是我對於她這種交際手腕漸漸認定有必要待她非常謙遜。

我付給她二十圓薪資。雖然這絕對不是超出限度的低薪，但最近因為不得不承認她的績效，姊姊和妻子不時在討論這件事，正當這時候，卻發生的確是奇怪又不可思議且無法比擬的事件，也就是以她為中心所捲起的亂糟糟漩渦，終致眾人陷入這次的可怕悲劇。這悲劇正是她自己所播下的種子，就在她闖進我這裡時，那一問一答中已經播下種子了。

聽說她的老家是青森縣一家釀酒廠，好像還蠻富裕，之後從她開朗的性格，以及天真無邪的模樣看來，我們對於她所說的事情未曾有絲毫的懷疑。

最初的面試，她提過有哥哥這麼一個人物，進醫院不久，說是她哥哥拿了很多倉屋的黑糖羊羹來醫院拜訪。因為那是在我回家之後的事，雖然誰也沒見到她哥哥，剛好在我晚餐後正想吃點什麼甜點時，醫院的姬草百合子打來代為轉達的電話。

「醫師，我哥哥剛剛來向您道謝。哥哥問說您喜歡什麼，我就告訴他了，所以他帶著倉屋的羊羹來……不。已經回去了。他說怎能打攪您好不容易的休息時間。還說請您往後多關照……呵呵。我給您送過去吧！就是些羊羹……」

「嗯，趕緊替我送來。謝了。」

我是如此回答，恐怕會被看成也太姑息，但當時卻不覺得是姑息。

不久後，又有從故鄉送來的五升清酒和一桶奈良醃瓜。總之說是她父母親託故鄉的人帶來的禮物，照例都是在我回家後，由留在醫院的她收到，而她汗流浹背提來的酒瓶和桶子上總是沒有任何商標，只貼著一張很粗糙、鄉下味十足的禮簽紙。

「嗯，真是美好的江戶風味。我就喜愛這一味。奈良醃瓜也不輸三越百貨公司。」

我品嘗一口後忍不住如此稱讚道，這話恐怕正中要害了吧？那時她正在整理醃瓜桶綁繩，一聽馬上面紅耳赤，悄悄逃回醫院。

當時我認為她的哥哥和父母親希望她能夠順遂、幸福，所以相當盡心盡力為她打點周邊，絲毫沒察覺到她這種偷偷摸摸的態度。我曾一邊目送她回去，一邊為掩飾難為情半開玩笑對她說過：

「我只付妳二十圓薪水耶。」

不過，到此為止她真的都表現得很好。若能就此停住，萬事便天衣無縫，她的真相不至於暴露，我的醫院也不會失去這個吉祥物，可是不都說好事多磨嗎？她那種獨特的說謊天分，隨著稍稍安分一下，立刻又異常旺盛地開始活躍，只能說真是無可奈何。

她的異稟天分，讓K大耳鼻科的白鷹君和我家開始陷入無法形容的可怕惡夢的原因，恐怕連她自己也沒察覺到，其實源自極為瑣碎的小事。

說起來還真難為情，開業後立刻就是一片好景氣，讓我有些興奮，學生時代那種輕浮態度不知不覺又故態復萌。經常愛講些無聊的雙關語、俏皮話或笑話來消除病患的憂鬱，也會對姬草說出：「喂喂。把小手術刀拿來。是小手術刀。不是妳喔。不要弄錯了。[4]」

當時她一聽就呵呵笑，邊工作邊說道，

「哎喲，臼杵醫師和白鷹醫師好像喔。」

「什麼啦。妳說什麼白鷹？也沒經過我同意就說像我，難道不會太失禮嗎？」

「哎喲，臼杵醫師啊……白鷹醫師比您年長很多，是K大耳鼻科的助教授喲。」

「哇。對不起、對不起。那位白鷹醫師啊？假如是那位白鷹醫師的話，真的就是我的學長。」

4　日語中的手術刀和雌性的發音，都是「mesu」。

「您看吧！呵呵呵。在K大時，白鷹醫師經常在手術或門診當中講各種笑話逗病患開心。切開鼓膜時，病患一笑頭就會顫動，非常危險。可是白鷹醫師動手術又快又準，所以病患感到疼痛後，沒一下子又一直笑。連這些地方都和臼杵醫師的做法都很像喔。」

百合子為什麼事後還要好像辯解般說明，這種最接近真實的諂媚自是為了滿足我的虛榮心。當然這是她想證明自己出身富裕家庭，企圖隱藏自己暗黑、醜陋的過去。同時也是出自她在現實中滿足自己虛幻空想的心理，不過就是為具體證明她受到在K大耳鼻科擔任助教授要職的人如何信賴的一派胡言的虛構，然而當時我為什麼沒注意到呢？我從以前就很尊敬那位母校的白鷹學長，很久沒聽到他的姓名了，因此一聽就高興到睜大眼睛向她問道：

「哇！那麼白鷹醫師目前還在K大囉？我完全不知道。」

她若無其事……不……應該說她得意地把白鷹醫師的話題帶得更深入一步。

「對、對。他動手術很受好評。我來這裡之前都不知道受到他多少照顧。夫人待我也是如親女兒般疼愛，還說我一定會嫁到一個好人家，送了我好幾套和服。我現在平日穿的也是夫人年輕時的衣服，她說她現在穿太花俏了，所以送給我。」

我完全被她所說的話吸引了。我暗地裡搓著雙手向白鷹醫師表示敬意。

「哎呀。若是白鷹醫師，那是我的老學長喲。在九大時受過他指導，說不定他還記得我。太好了。希望能和他見見面……」

「對啊對啊。他肯定會很高興。我想起他曾在談話中，有兩三次提起醫師您。他說臼杵君是非常有趣的學生。」

「是嘛，因為那時候我很愛耍寶。白鷹醫師住在哪裡？」

「下六番町十二番地。夫人氣質好又漂亮，長得很像九条武子[5]。她的名

---

5 九条武子（1887-1928），是明治、大正時期的詩人、教育家，後投身社會運動。被稱作大正三美人之一。

字叫久美子。白鷹醫師也很尊重她。兩人感情很好……」

「哈哈哈。怎樣都好啦！有機會的話……今天也可以，妳可以幫我打個電話嗎？就說臼杵想和他見面……」

「……啊，由我來介紹不會失禮嗎？」

「有什麼關係呢？白鷹醫師不是那種愛耍派頭的人啦！」

話一說完，我還向姬草百合子頷首拜託。

她以好像有點近視的可愛眼睛，微微仰視著說出此話的我，不知為何顯得有點無精打采，垂下頭輕輕嘆口氣，看得出有些埋怨的態度，但是我解讀為那是她獨特的一種天真無邪的嬌媚，並不認為有什麼特別奇怪。

「可是我……由我這個小護士……不會太失禮嗎……」

「哪會。沒關係。即使是護士介紹，不同樣都是醫師嗎？白鷹醫師不是那種愛耍派頭的人。」

「是。話雖然是這樣沒錯……」

「那不就好了嗎?因為我好想跟他見面……」

她無奈般聳聳肩膀,露出好像要哭出來的奇怪笑容說:

「好。如果我可以的話……隨時都可以替您們引見……」

「嗯。拜託妳了。今天也可以。幫我打個電話吧!」

這種有些奇怪的黯然回應,不像她慣常輕鬆的模樣。但是不久就恢復平常的天真、爽朗,她似乎非常開心……宛如為能夠介紹白鷹助教授和臼杵醫師認識是一件光榮的事而感到高興,蹦蹦跳跳走進電話室。

我看著她的背影,已經沒有任何疑惑,心情也變得開朗,根本料想不到後來的結局。因為當時我已經完全被她所欺瞞,同時她親手讓那顆可稱為她人生致命傷的煩惱種子開始萌芽了。

她所謂的白鷹醫師,和她認識的白鷹醫師根本不是同一個白鷹醫師。簡言之,那不過是憑她的機智,再以我為樣本所創造出來……為取悅我而創造的一個架空人物。並藉由讓我相信這個架空人物和她的親密度,試著提高她自己的信用，奠定她在社會的存在價值，她的白鷹醫師只是一個騙術人偶。但是輕率的我卻百分之一百二十盲目相信這個有如騙術人偶的白鷹醫師存在……因為我深信那是與我同樣爽朗、愛逗趣的人，以致輕率地就拜託她幫忙居中介紹。

然而她那種不可思議的創作能力，此後竟就百尺竿頭更進一步，編出一套令人驚訝的離奇劇。……那就是連白鷹醫師本人您都不知道，有位自稱是K大耳鼻科白鷹醫師的人，在大白天竟光明正大打電話來。

那是在我開業後的第三個月……今年九月一日下午三點半左右，她放下通話中的電話衝到門診室。

「醫生、醫生。白鷹醫師來電話。」

我正為大排長龍的病患看病，驚訝地回過頭。

「什麼?白鷹醫師來電話……不知道有什麼事呢？」

「哎喲。醫生啊……上次不是要我介紹嗎?所以我昨天打了電話……雖然我也說百忙之中……結果他現在就打電話來了……」

她好似向我抗議般可愛的眉頭都皺在一起。說到這種演技，應該就是她獨特的天分吧。坦白說，那實在太逼真了。她與那個她所創造出來的白鷹醫師的親密度，逼真到絲毫不容懷疑。

打電話來的男人……那個不是白鷹醫師的白鷹醫師，完全如她所說，從聲音聽起來是一個活潑又開朗的人。而且我幾乎沒能開口說話，對方一直滔滔不絕講不停。

「呀。臼杵君嗎？好久不久。一切都好嗎？呀～好久沒聯絡，真是好久沒聯絡了。工作如何？嗯嗯。從姬草那聽說了。很好、很好。嗯嗯。姬草是一個優秀的護士吧？她在我這裡，表現太出色以致於遭到護理長的嫉妒，弄了個莫須有的事情而把她趕走。內人非常疼愛她。呀～她本人好像也很開心。上次還有昨天，共打了兩次電話來。她說你那邊很不錯，是一個值得留下來工作的地方。對，她是這麼說的。嗯嗯。內人聽了也很高興。不管怎麼說她就是一個會被當成女兒疼愛的人啊。嗯嗯。為了當護士從青森跑出來，這種做法也許多少帶些傻氣。不過天生就是當護士的料。工作態度實在無可挑剔。我敢保證。好好善待她。哈哈哈。呀，好久不見，很想碰個面啊。怎麼樣？酒量還是跟以前一樣好吧！嗯，好的、好的。……你知道東京有一個耳鼻科醫師聚集的庚戌會嗎？對。嗯嗯。在九州時聽過。明治四十三年，也就是庚戌年時創辦的會……嗯。對，什麼？就是每個月聚會一次，不是在三號就是四號，大家聚在一起敘舊、發發牢騷、喝喝酒的聚會。是一個很有趣又令人愉快的聚會。下個月已經決定三號舉辦。地點在丸之內俱樂部……下午六點開始，你要不要來呢？會費到時候再說，花不了多少錢。嗯，一定要來啦。嗯嗯。哈哈哈。雖然還未見過尊夫人，也請代為問候……」

對方講著講著，時間也到了。我把話筒放好，她就站在我身旁，很可愛地歪著腦袋，閃著擔心的眼神說道：

「啊呀。怎麼就掛斷了呢？我也有話要跟他說啊……不過，說了些什麼呀……」

「嗯。嚇一跳。實在是一個心直口快的醫師啊。講起話稍稍有些強勢。」

「……是啊。不過真是一個有趣的人。」

她聽完電話內容，看來像似安心了，很開心地又在走廊蹦蹦跳。

「白鷹醫師真是一個爽朗的好人。待人又親切……我好喜歡他……」

她說了這類滿是感激的話，雖說是喃喃自語……卻不露痕跡地讓我也聽得到……

然而，兩天後的早上，我去上班沒多久，她露出平常不曾有的不高興臉色，手握一張揉得皺巴巴的便條紙，很奇怪地彎著身子站在我面前，嘟著可愛的下唇如此說道，「真是沒辦法。白鷹醫師這個人啊，實在太熱衷工作了。」

「怎麼啦？為何獨自不開心呢？」

「沒有啦。就是昨晚的事啦。白鷹醫師寄來這麼一封快信。信的內容說今天下午要去探視一位姓平塚的病患，也許會晚回來。所以可能就無法參加庚戌會，要我向臼杵醫師先打聲招呼。真是拿白鷹醫師沒辦法。光會拼命賺錢……

肯定是到那位平塚什麼的銀行家那裡吧。他每次和朋友一起表演那笨拙的義太夫會[6]時，總要把白鷹醫師叫過去。這就是排場啦，真是無聊透了……」

「哇哈哈。這不是什麼壞事耶。假如那種健康又有錢的病患不多來幾個，可就傷腦筋了。耳鼻科醫生嘛……」

「可是好久不見，又和您約好要見面啊……」

「啊喲。只要有心要見面就一定可以見到面的。」

「可是……」

她欲言又止地以一種埋怨的慘澹眼神，抬起頭看著我……可是……當時我若是稍稍仔細觀察一下，應該很容易就能看出她帶著一股不尋常的不安。也能察覺出我所說的這一句「只要有心要見面就一定可以見到面的」，帶給她多麼大的不安……又如何把她推落充滿恐懼和威脅的十八層地獄……她苦心要以K大助教授白鷹醫師的名聲，來證實自己家境富裕的同時，並以此來提高自己作為一個護士是如何被重視……由於那個「謎團般的女人」的新聞報導，當時以一連串謊話來滿足自我意識的她，本身已經遭受社會性破滅的威脅，只要我和真正的白鷹醫師直接碰面，她自己才知道的那些令人驚訝、有如謎團般的過去，還有她拼死努力偽裝的假象，不就會寸土不留地被粉碎嗎？當她自己所構築的那個虛構天堂之夢被打碎後，不就得再度被放逐於人生冰冷的道路上嗎？對這種女性而言，幻滅是比宣告死刑更為恐怖的事，這是理解現代婦女……特別是少女心理的人很容易就能同意的吧？

事實上，她為防範出現破綻，之後所採取的方式實在已到不顧死活的地步。「地獄與極樂世界，僅是毫釐之差。」正如佛師的訓示，她自己本身不斷反覆操作反而使自身墜落令人毛骨悚然的地獄。

九月過後，進入十月的第二天早上，她在醫院走廊上又氣呼呼出現在我面

6 義太夫指義太夫淨琉璃，為江戶前期竹本義太夫（1651-1714）為首所創，義太夫會應為玩票性質的淨琉璃同好會。

前。

「怎麼了呢？難道……又和機械店的那小子吵架了嗎？」

「不是。醫師，明天不是十月三號嗎？」

「傻瓜。難道妳不喜歡十月三號嗎？」

「哎。每個月三號不就是舉辦庚戌會的日子嗎？」

「啊……對啊！竟然忘了。」

「啊喲。連這一點也和白鷹醫師一模一樣。您會去參加庚戌會嗎？」

「嗯。白鷹醫師去的話，我就去啊。」

「上次不是約好了嗎？」

「不、不。我不記得和他有約定。」

「如果這樣的話就好……」

「怎麼了呢？」

「就是剛剛，白鷹醫師來電話，問說臼杵醫師在醫院嗎……」

「有沒有跟他說我到小曾木醫院找小曾木醫師呢?」

「啊呀,心想不知怎麼了。我跟他說您都是上午十點左右來醫院,他就說今天感冒昏昏欲睡,也許無法參加庚戌會。我想他肯定是和您約好又要失約,所以才會生氣啦。無論如何,若能見個面就好了……」

「見個面應該很容易啊。好事多磨,真是不湊巧。」

「真是討厭啊。為什麼剛好今天感冒……我打電話向太太抱怨。」

「不過我可沒亂說話喲。對了,我說正想建議臼杵醫師前往探視,又怕有同業相較量之誤解,所以我們就失禮不前往探病。」

「哈哈哈。講那樣。那才叫做亂講話。」

「什麼?那種說話方法是新式的幽默社交啊。對方也說向太太問候呢。」

如此一來,透過姬草百合子,我的家人對於那個不是白鷹醫師的白鷹醫師,感覺日益親密起來。還不僅如此,剛好我到箱根蘆之湖飯店替外國人看病那天早晨,白鷹醫師……不,不是白鷹醫師的白鷹醫師又來電話了。

「上一次真是抱歉。總是很不湊巧，無法與你見面。今天有兩張歌舞伎門票，可以的話一起去觀賞吧？下午一點開演，搭十點左右的電車來銀座就可以。這附近你有熟悉的咖啡廳或餐廳嗎？」

電話內容大約如此，姬草告訴他很不巧我無法前往。後來送來歌舞伎座的節目單和風月堂蛋糕，說是要送給妻子和孩子。而且小包內附有一封信，拆開看毫無疑問是男人的筆跡，措辭遣字應該也是具有相當學識的知識分子。因此我感到非常惶恐，就以故鄉剛好送來的雞蛋麵線並附上一封意旨為「下次庚戌會一定要參加」的信函，寄給下六番町的白鷹醫師。到底送到哪裡去呢？也許根本連橫濱臼杵醫院的門一步都沒送出去。因為我交付小包並吩咐寄出去的人，不是別人就是姬草百合子……

然而，進入十一月初旬[7]，她又演了一齣失策的戲碼。她自己本身看來，當然是巧妙到天衣無縫的情節，不過實在太過於巧妙，厭煩到被我們一家人看出她的破綻。

我翻開日記看，就是十一月三日明治節[8]那一天。她會有所行動，大抵在月底到初旬那幾天，特別是白鷹醫師來電話或來信之類，大約就在三號或四號。因此這個「謎團般的女人」的神祕作為，除了神明外有誰能察覺呢……

那是十一月三日的事情。下著細雨的早上十點左右，我來到醫院上班，她一聽到玄關的開門聲，就從藥局跑出來，衝到我面前。歇斯底里的表情，連嘴唇都變了顏色。

「啊，醫師。該怎麼辦？剛剛接到電話。白鷹醫師的太太在三越百貨公司大門口昏倒了。鼻血一直流，現在送回家照顧……」

「這還得了。什麼時候發生的事？」

---

7 日文中的「初旬」可等同中文「上旬」之意，也就是每月一日至十日，比較嚴密的說法，則指每月的一日至五日。

8 昭和天皇於一九二六年登基不久後，訂明治天皇的生日十一月三日為「明治節」，二戰後則將明治節更改為現行的「文化之日」。

「聽說是早上九點左右……」

「嗯。這樣的話，電話來得還真快啊？為什麼得那麼快通知我呢？」

「因為，醫師。上次的信裡，不是約好這次的庚戌會一定要見面嗎？」

「嗯。妳看了那封信了嗎？」

「哎呀。沒看啦。但是這次的庚戌會很盛大吧？因為是明治節……」

「嗯。我並不清楚喲。」

「哎呀。上次不是寄來邀請函嗎？」

「不知道啊。沒看到啊。怎樣的內容呢？」

「怎麼都這樣啦。邀請函上寫說本次庚戌會，適逢明治節將盛大舉辦，希望住在東京市外的醫院相關人員也要參加。那張邀請函到哪裡去了呢？」

「嗯。聽起來很有趣的樣子。會費有多少呢？」

「我記得確實是十圓……」

「好貴喔。」

「呵呵呵。可是身為幹事的白鷹醫師，還特別寫上希望臼杵醫師務必要出席喔。」

「嗯。那就去看看吧。」

「我認為您一定會參加，特地打電話給白鷹醫師，確認這次一定不會再有問題了吧？他說臼杵君也有來信，自己又接下幹事的職務，因此無論發生什麼事都一定要出席。沒想到今天竟然發生這種意外，我覺得很懊惱、很懊惱……」

「傻瓜。怎會有為那種事懊惱的人呢？無論怎麼說都是很不幸的事。若說一定要出席那就太不好意思了，還是去探視一下吧？」

「您現在直接就去嗎……」

「嗯。直接就去也可以……」

「可是，醫師。來了三個扁桃腺發炎的患者耶。」

「嗯。妳怎麼知道？那是扁桃腺發炎呢……」

「呵呵。我模仿您的做法。聽完病患的陳述後，我要他嘴巴張開，以指尖碰觸鼻子深處，就摸到腫大部位了。」

「傻瓜……這不能亂模仿啊！」

「……可是病患很擔心要動手術，一直問個不停……結果第三個，也就是年紀最小的小朋友，我一碰到他的腫大部位，突然就被咬下去……變成這樣了……」她一邊說一邊伸出綁有繃帶的中指給我看。

「……妳看吧，以後不要再自作聰明亂模仿。」

如此告誡她後，我一如往常開始看診，看不出她有想強行阻止我前往探視白鷹夫人的模樣。

但是到了下午一點至三點的休息時間，我準備回到附近紅葉坂的住家時，在大門口又看她跑到我面前，無精打采地低著頭。

「醫師。對不起，今天下午可以讓我請假嗎？」

「嗯。今天不動手術，可以出去喔……妳要去哪裡呢？」

「我想……去探望白鷹醫師的太太。不管怎麼說不去一趟不行……所以……」

「嗯。那剛好。今晚我也想去，先幫我說一聲。」

「謝謝。那麼我就先去了。」

「一路小心。天氣已經好轉了吧？」

她與我這般懇切且帶著憂鬱語氣交談，這應該是第一次。該說是已有預感了嗎？還是她已自覺到白鷹醫師的事即將被逼到窮途末路的悲慘結局，也許連我都感受到她內心糾結的憂鬱……

我如平日般結束醫院的工作，在雨後放晴的黃色夕陽中回到紅葉坂的住家，晚餐用畢。我以較為開朗的口氣提起白鷹夫人今天的遭遇，原本默默在泡茶的妻子松子突然說出驚人之語。

「老公。我總覺得姬草所說的話，實在有些怪啊。」

「哦……怎麼怪呢？」

「我最近是這麼覺得喲。姬草介紹的那位白鷹醫師，怎樣都無法見到面，我認為實在很怪很怪啊。」

「哪會？就只是時機不湊巧而已。」

「不。那就很怪啊。時機也太過於不湊巧吧？我總覺得姬草耍了小動作，故意讓你們見不了面。」

「哈哈哈。『無論如何都見不到面』之類的事，確實是妳的興趣啊。偵探小說、偵探小說……」

先說明一下，妻子松子在女校時就是一個沉溺於閱讀那些被說是「怪奇趣味」偵探雜誌的人，可能受到那些雜誌的影響，她的腦袋瓜和一般女人不太一樣。諸如打麻將時輕易就能猜出聽牌，甚至有閒工夫從報紙分欄廣告中找出詐騙廣告。還能從電車中婦女的穿著，來批判這個婦人的收入和過著不相稱的生活……等等這類的不良嗜好。因此我隱約覺得難不成妻子又感覺到什麼可怕的事或討厭的事了嗎？不過因為妻子腦袋瓜產生疑惑，連帶讓我的內心疑鬼暗生也是事實。

因此，這時我絲毫不把妻子對姬草護士的懷疑，和一般的嫉妒或吃醋混而為一。雖然暗忖這只是她的怪異想法……不過突然感到她對姬草百合子的奇妙懷疑，像似有複雜的大事件要發生的預感，我打算更加留心，對於她的想法也很在意地想好好作一番檢討。

「為什麼我總見不到白鷹醫師，說奇怪還真奇怪，事實勝於雄辯。今晚我就出去，不管怎樣都要和他見面，這樣可以嗎？」

「也可以。……可是見了面，總覺得好像會發生什麼不得了的事情……我……」

「哈哈哈。難道兩人見面時，炸彈就會爆炸嗎？」

「是啊。有一種像您說的那樣的預感耶。敲打好幾次那些奪來的未爆彈都沒事，沒想到稍稍一碰就變為爆炸的能量，然後全部化為一則亂七八糟的新聞報導。這件事不是很像那樣嗎？我不由得感到忐忑不安。」

「哇哈哈。怪嗜好愈來愈嚴重，而且很像天馬行空的漫畫趣味喔，就像那個亞當斯[9]什麼的啊……」

「呵呵呵。我的第六感很準喲。」

「哇哈哈。真是怪嗜好啊。話說今天沒碰到面的話，到底又會是怎麼樣的情形呢……」

「不。我認為你今晚肯定會碰到白鷹醫師。這樣一來就會真相大白了。」

「好一個名偵探啊。為什麼能見到面呢？」

「今晚的庚戌會在哪裡？」

「還是在丸之內俱樂部。」

「你現在就去那裡，我認為白鷹醫師一定會來。」

「傻瓜。他太太生病，怎麼會來呢？」

「哼。傻瓜才是你。你相信這種話啊？什麼白鷹醫師的太太昏倒……」

「相信啊……所以才要去探視啊。」

「千萬不要去探視……還有你就裝作不知道，去參加庚戌會看看。因為真正的白鷹醫師一定會來……」

「……真正的白鷹醫師。哼。也就是說到目前為止的白鷹醫師，都是姬草捏造出來的魁儡喔。」

「對對，就是這樣。不知道為什麼我總覺得就是這樣。那個小姑娘說自己家裡富裕，我也覺得不太像真的，甚至連年齡十九歲都是胡扯……」

「嚇人啊。妳怎會這樣想？」

「我……從藥局的窗子瞥見那個小姑娘站在醫院走廊，意志消沉地不知道在想什麼的側面臉龐。她的眼角還有下巴都有細細的皺紋，怎麼看應該都有二十五、六歲吧？」

---

9 這裡指的是美國卡通漫畫家查爾斯・薩繆爾・亞當斯（Charles Samuel Addams 1912-1988），以創作黑色幽默的暗黑系角色聞名。

「哦。總覺得故事愈來愈精彩了。姬草百合子的真面目不就漸漸消失了嗎？好像幽魂……」

「還不只是這樣。雖然只看過一次側面，感覺她就是出身貧窮不幸人家的女兒啊。好像老太婆般駝著背。就是這樣……」

「這是怪談嗎？好像妖怪……突然出現了。」

「不要講冷笑話。我是很認真的。也就是說平常都以化妝和行為舉止來掩蓋，讓人誤以為她很年輕、很天真，可是在她認為沒人會看到時，就沒勁再演了，因此就露出真面目，不是嗎？」

「哇！大偵探現身了。喂，妳可以當偵探小說家。一定很成功。」

「啊呀。人家是很認真的。很煩耶。她真是讓人感到不舒服。」

「妳講這種話，更讓人不舒服。」

「討厭。不理你啦。」

「妳稍微用點常識想一想，好嗎？第一，那個小姑娘、姬草百合子有什麼必要如此大費周章虛構故事，沒道理啊。至今所送的禮品分量，可不是小小金額啊。何況捏造出另一個白鷹醫師，又是來電話、又是招待觀賞歌舞伎、又是送蛋糕、又是感冒、又是到平塚看診、又是太太在三越百貨門口昏倒……要捏造這些事可不是普通辛苦。何況千辛萬苦把我們騙到這種地步，光想都覺得相當可怕，是不是？」

「……我……認為這全都是那個小姑娘的虛榮心。那種人的心情，我可以理解。」

「哇。真是奇怪的結論。這不是可怕又徒勞無功的虛榮心嗎？」

「對。就是那樣。她很想腳踏實地活下去，很想被大家信任，這就是那個小姑娘的虛榮心。因此才會說出一大堆謊話。」

「這不是最奇怪的嗎？首先，哪有必要做到這種地步來博取我們的信任呢？她作為一個護士的本領完全被肯定，家裡富裕或貧窮和她作為護士的資格和信用並沒關係啊。我不認為姬草是連這種事都不了解的笨蛋。」

「對。這我知道。因為不管她是怎樣的女人，現在都是我們醫院重要的吉祥物，雖然對她產生懷疑感到對不起……可是一成不變地都在每個月二號或三號白鷹醫師的話題肯定會出現，不是嗎？很奇怪……」

「因為庚戌會就在那個時候啊。」

「可是……還是覺得奇怪。而且一定會發生無法見面的事情，不是嗎？呵呵呵……」

「所以不是說過了嗎？運氣不好吧……」

「所以啊。那不是很奇怪嗎？運氣太不好了，難道其中沒有什麼神祕力量嗎？」

「停停停。無聊。每次一和妳討論事情就沒完沒了。哪有什麼神祕力量啊？只要和白鷹君見個面，不就明白了嗎？給我一杯茶……」

我默默放下筷子，換上新訂製的西服。對於妻子竟懷疑誰都不覺得可疑的姬草百合子，我感到有點煩……

「總之，今晚一定要和白鷹君見個面。所有事情不就全攤開了。哈哈哈。說不定會發生什麼不得了的事情……」

我從櫻木町花費二圓，搭計程車到位於內幸町的丸之內俱樂部，約是晚間八點半左右。

其實，這時候妻子所說的話讓我有點生氣，一上車子的同時我就改變主意，與其開車在有如迷宮的狹窄下六番町磨蹭，不如搭計程車直接抵達比較好找的丸之內俱樂部。

在俱樂部門口詢問侍者，對方答說：

「今晚是庚戌會。從七點左右開始聚集，活動已經在進行中。」

我默默跟著侍者走在貼著軟木地板的寬敞樓梯，走進樓梯間才發覺充滿歡樂的唱片聲和舞會的喧囂。

雖然我只是一個跳舞新手，卻相當有自信。爵士、探戈、狐步、查爾斯頓舞、單步舞等，都在橫濱受過訓練。現在正在播放的好像是西班牙單步舞曲，相當輕快，在上樓梯時情不自禁地很想把手搭在侍者肩上舞動起來。

同時，也感到很驚訝。我以為庚戌會是嚴謹的學術會兼喝茶聊天的性質，看起來竟是非常熱鬧歡樂。此時我已明白為何會費要十圓，也窺見幹事白鷹君不可輕視的本領。早知如此，何必一本正經穿西服來呢……我正想著這些事時，被接待到一間像休息室的房間。一看，從四周的牆壁到桌子、椅子、小桌子上全堆滿帽子和外套。大約有五、六十人份吧？看來聚會有不少人參加啊。

「請在這裡稍候。我這就去叫人過來……」

侍者說著就推開右邊的門，進入會場。突然傳來大聲的爵士音樂聲，雖然我只瞥了一眼會場，那種盛況真叫人驚嘆。

門的對面是非常寬敞的大廳，整個天花板飄浮著五彩繽紛的汽球，那是從會員手中飛走的汽球。其下混雜的男男女女身著五顏六色的晚宴服、振袖和服[10]、西裝、舞衣等，女人和男人的背後各自都掛著幾個汽球。這些如波浪般的汽球，隨著熱鬧滾滾的音樂節奏，形成不可思議的圓形彩虹，輕輕飄盪著飄盪著，整個大廳又形成一個漩渦。在桃色和水色的光線裡……我正在遐思中，門「啪」一聲被關上。

門關上不久，唱片樂聲停下來了。而且跳舞的喧鬧聲也中斷了，才在想怎麼安靜下來呢？一會兒，從剛剛關上那扇門的另一邊，走出五、六個身著晚宴服，頭戴紅、白尖頂三角紙帽的人跌跌撞撞蜂擁而來，就倒在我眼前的長椅子上。有領帶歪掉的……有袖扣掉落的……有的鼻子邊像是故意沾著淡紅口紅……看來都已經爛醉如泥，連看都不看我一眼，彼此手腳相依靠全倒臥在長椅子。

「啊……醉了啦。喂……醉了啦，我……」

「啊，真愉快……太棒了，今晚……」

「嗯。好棒……白鷹幹事真有本事。太棒太棒了……嗯，太棒了。」

10 振袖和服，未婚年輕女性穿的長袖和服。

「真是嚇人啊。竟然把三個舞池統統包下來……若不是白鷹君就做不出來的招數啦。」

「……白鷹君萬歲……」

其中一人放開嗓子大聲喊著，這個男人睜開醉眼惺忪的雙眼，高舉雙手想站起來，突然發現我在他眼前，嚇了一跳一屁股又往後坐下去。毫不在意抓住被壓在屁股下方友人的頭，雙手撐在膝蓋上，以那雙喝到通紅的眼睛上上下下打量我這個身穿晚宴服的人，忽然露出傻笑舔著嘴唇說道：

「嘿嘿嘿……魔術師來了。」

「什麼？魔術師？在哪裡？」

「那裡。不就站在那裡嗎？」

「什麼？你是魔術師啊？來得太晚了。混帳。餘興節目都結束了。」

我突然感到很不愉快想逃離現場。並不是因為對方的放肆而惱怒，而是我竟穿著這一身蠢服裝，跑來這種地方苦候，忍不住對可憐的自己發火。不過特地跑來一趟，若沒和白鷹醫師見到面就回家，實在心有不甘。

「喂，變得出來嗎？變出個未婚妻……」

「嗯。可以變出兩、三個來。」

「兩、三個……騙人。」

「大家來看小姐的照片。」

「很好啊，請客啦、請客啦。」

「還沒來啊，不到明天還不知道啊。說不定未婚妻就變成三八妻。」

「哇哈哈哈。沒錯啦。真有那種會消失的女子嗎？不知道會不會在計程車裡消失？計程車可以嗎……」

「趕快開始啦。不要再騙人啦。」

「哇哈哈哈……哈哈哈……不管怎麼說，非抱一下不可啊……哇哈哈。你總得開口說說話呀……」

「是啊。近代的魔術都是靠雙層魔術櫃……在行駛計程車中消失的一幕。

假如睜大眼睛仔細看，接下來的絕技……總之就是魔術大師或助手在操控的呀。」

「好棒棒——好棒（拍手），怎麼樣？穿禮服的大師。要不要雇用呢？」

我愈來愈想逃離現場，不過這時對面的門悄悄打開了，我心想難不成白鷹醫師來了嗎？整個人不由得僵硬起來，站在最前方侍者的身邊。從門口走進一位和我差不多僵硬的紳士。那是身穿正式舞衣和白背心的高瘦中年紳士，右手拿著紅白的尖頂三角帽，左掌上有張名片，一再打量我後，就站在我的面前，以蒼白又不悅的神情往下直盯著我看。

那群醉倒在長椅子的會員突然安靜下來，開始以充滿好奇的眼神看看那位紳士，又看看我。

我有一張白鷹醫生當時在九州帝國大學在學時的照片。那是以九大耳鼻科學院院長K博士為中心的醫務局全體合照。每次和妻子、姊姊談起白鷹醫師就會拿出來給她們看，以懷念那段時期的往事。

因此這時候，我立刻認出這位紳士就是白鷹醫師。而且長久以來一直無法相見，如此容易就見到了，我由衷感到高興而安心。

首先我對於白鷹醫師的前額到後腦勺已有些禿感到驚訝。此時更有今昔之感，不過從姬草護士聽來的印象，深信白鷹醫師是一個非常豪爽、幽默的人，所以馬上向他行禮致意。

「啊，這不是白鷹醫師嗎？我是臼杵。前幾天，太感謝了。」

我邊笑邊靠近一兩步。有一種說不出的懷念和終於得救的感覺在心中澎湃……

然而我在下一秒不得不感到驚慌失措。白鷹醫師強忍非常不愉快的懊惱表情，微微回禮，那種極為嚴謹的無言態度，使得只隔幾步與他面對面的我，頓時整個人呆若木雞地佇立長達兩三分鐘之久。原本我以為白鷹醫師可能對於很久沒見面的我表現出如此熱絡而感到驚訝，以致不知所措。何況是很久不曾交談過的人，卻突然說什麼「前幾天，太感謝了」，任誰都會起戒心。特別是嫻熟世情，又擔任幹事的白鷹醫師，也許誤會我是跑來鬧場的文化流氓，因為我對這部分的訊息不是很清楚。總之兩人佇立互相對視兩三分鐘後，我終於受不了而開口說道，

「您好……好幾次都錯過和您見面的機會……今天終於相見，我也可以放心了。」

於是，我再度寒暄，可能措辭近乎生硬的外交辭令，白鷹醫師依然是雙手伸進口袋，直盯著我。彷彿和一個來歷不明的人說話而有危機感……

如此持續約十秒的沉默當中，從大廳方向傳來唱盤像是疊步舞的喧譁聲。我的腋下開始冒出如冰的冷汗。我無法繼續忍受那種沉默，再度啟齒。

「那麼……尊夫人的情況如何呢？」

「……啊？」

我看到白鷹醫師露出錯愕的表情，認定了早已萬事休矣。

「內人……久美子……有怎樣嗎？」

「咦，聽說在三越百貨大門口昏倒……」

「啊！什麼時候的事？」

「……今天早上……九點左右……」

話一說完，立刻引來哄堂大笑。坐在長椅上那些穿著無尾禮服、豎起耳朵的人，開始捧腹大笑。有的人甚至笑得太過誇張而跌落地上。

我陷入極度狼狽的窘境。我心想這真是一群沒禮貌的傢伙，同時突然惡狠狠瞪著這群人，不過被瞪的人依然故我。

當下漸漸恢復情緒的白鷹醫師，輕輕地開始說道：

「這樣說很奇怪。內人……久美子說要寫教會的會報，從早上就沒出門。她平安無事在家裡。」

「咦？難道是騙人嗎？怎麼回事……」

「……騙人？……我……我什麼都沒說，今天和你是第一次見面……」

結果又引來一陣爆笑聲……

「……姬草百合子這傢伙……畜生……」

白鷹醫師突然睜大眼睛，踉蹌地往後倒退了半步。……不過立刻站穩腳步，恢復先前的嚴肅態度。他憂心地嘆一口氣，盯著我看。

「……姬草……姬草百合子又……做了什麼事？」

「呃……」

這只有讓我狼狽的處境更為狼狽了。

「……醫師，您說『又』做了什麼……醫師，您以前就認識她嗎？……百合子。」

我不經思考就如此發問，察覺到如何前後矛盾且不合邏輯的同時，也清楚感覺自己的膝蓋嘎嘎作響。……誰來救救我啊？……有一種想如此吶喊的心情，也期待白鷹醫師繼續說下去。

這時候，傳來從樓梯跑過來的腳步聲，是個和先前不同人的服務生。

「請問有位橫濱來的臼杵醫師嗎？」

「我，我就是……」

我鬆了一口氣轉過頭。

「有您的電話。民友會本部打來的……」

「民友會本部……什麼人啦。」

「不知道是誰，說是橫濱的一位議員，在本部昏倒，鼻血留不停……拜託醫師您趕過去看一下……」

「等一下……對方的聲音是男是女？」

「女性的聲音……聽起來很年輕……」

說到這裡，服務生不知為何就嗤笑起來了。

「……太離譜了……怎麼去替一個連姓名都不說的人出診呢？去問是誰，並且告訴對方派一個拿著名片的人來接我。」

雖然當場的人無疑都識破我是為掩飾難為情故意擺出的架子，但其實我當時的心境也不是那麼悠哉。……所謂昏倒流鼻血……一聽到這種話，我立刻想起今天早上姬草說白鷹夫人昏倒的通知。

她……姬草百合子，肯定不知在哪裡看過而知道鼻血流不停的情況，對耳鼻科醫師來說是如何狼狽而擔心。因此她不知從電話還是哪裡得知，我不聽勸決定出席庚戌會，驚慌之餘在同一天以同樣病狀的病患這種笨拙手段，兩次試圖阻止我和白鷹醫師見面。窮途末路中還是有拼命一搏的心情，是不是還在期待不太可能翻轉的萬一呢？只是偶然的同病狀當然也不是不可能，然而我已經對她開始起疑心，並不認為這會是偶然的。這時候突然自覺到，我已經被她……姬草百合子以她那不可思議的腦筋，從頭到尾巧妙地操縱成一個魁儡人偶。

我這一生當中，再沒有比這時候感到更狼狽的了。

我就這樣向在場的眾人和白鷹醫師鞠躬後，默默地快步離開屋內。爆笑聲和接著而起的嘲笑聲，隨著華麗的爵士旋律而揚起，在我穿著禮服的背後傳開來。我倉皇走下階梯，叫住一輛路過的計程車直抵東京車站。為了讓心情平復，我故意買二等車廂車票，搭乘往櫻木町的電車。不知為何總覺得橫濱的家中發生了什麼棘手的事情……因為就像妻子愛讀的偵探小說所寫的，十之八九的大事件都是不在家時發生，這種平日不曾有的想像卻不斷在腦海中湧現，讓我陷入難以忍受的焦躁和不安。那時候我的脈搏，一分鐘肯定跳到一百次以上。

然而我一屁股坐在無人的二等車廂內的柔軟椅子，抽起菸不久後，心境起了很大的變化。當我對流洩在窗上的銀座美麗細雨中的霓虹燈視若無睹，現在的我已經變得什麼都不知道，開始深切意識到自己為什麼會做出這般無意義、無止盡的驚慌失措舉止？

……我怎會那般惶恐地跑出來呢？為什麼不向白鷹醫師多詢問些姬草的事呢？聽白鷹醫師的口吻好像對她的事很清楚……不知道是否還能和白鷹醫師見面……總之，可以確認白鷹醫師和姬草百合子並非全然毫無關係。除了我所知道的事以外，姬草百合子知道有關白鷹醫師的一些事，白鷹醫師也應該知道姬草百合子的一些事……

如此思考時，我的腦海中又響起丸之內俱樂部大廳內，如漩渦、如燃燒般的鬥牛舞進行曲。

我覺得自己還是相信姬草百合子。她為什麼得這般殘酷又鍥而不捨地，讓我們陷入那個虛構故事中，無論如何思考我都找不出她有如此必要的理由。相較之下，我覺得自己在被姬草百合子欺騙之前，說不定早就被白鷹醫師騙得團團轉……第一，我想起電話中傳來白鷹醫師開朗的音調，和今天見到的白鷹醫師沙啞又低沉的聲音完全不一樣。

……對啦。也許白鷹醫師故意以那種冷峻的態度，戲弄我這個鄉下學弟。也許打算在事後大笑一場。這樣一來可以和出席庚戌會那些在醫界有威望的人交際，又可以拉關係，對於地方上開業醫師而言也很光榮，實在是一個巧妙的大策略。就這意義上，處於優勢地位的白鷹醫師，也許早就看出我一定會出席，才會偽裝成那種態度對我百般戲弄。

……對啦、對啦。這方面比較有可能。也許從頭到尾都巧妙掉在他所設的陷阱，眾人才會笑成那樣。

……而且，我怎會連那種事都想到，那不過是因為我原本就是一個很喜歡惡作劇，還是一個不曾被修理過的前科者，以這等同理心來推測出事實而已。同時還有姬草百合子深植我腦中的白鷹醫師性格形成一種先入為主的觀念，自覺到也有很大的影響。總之，若不這樣想，讓自己稍稍平靜一下，就有股非常沒常識、可怕的不安立刻油然而起，根本無法安靜地搭乘這三十分鐘的電車。

儘管如此，我坐在搖晃中，不停往西又往西的黑暗平地行駛的電車，途中一直很想下車，因為我已經被一種偵探小說式的不可解、不安的亢奮情緒所囚禁。宛如……我回到橫濱後，會發現我的家人與我的醫院都和姬草百合子全部不知消失到何方了。

抵達櫻木町車站時到底是幾點呢？從這裡回到紅葉坂自宅的短短路程，總覺得心中騷動難抑，急忙走在雨後的路上，突然背後橋邊暗處傳來悲哀的聲音，

「……臼杵醫師……」

我彷彿早就預料到般立刻停下腳步。那無疑就是百合子的聲音。

百合子仍是今天下午外出時的裝扮，手拿著一把黑色男用雨傘，雖是黑暗中仍看得見她塗著白色濃妝，不知是否錯覺，她的眼圈好像發黑了。

她把傘撐開，像要避人眼目般往我這邊靠過來。然後以完全失去平日的開朗，而是陰鬱卻清脆的語調問道：

「醫師，您去了庚戍會了……嗎？」

「嗯，去了。」

「見到白鷹醫師了……嗎？」

「……嗯……見到了。」

「白鷹醫師很高興……嗎？」

「不。態度非常冷淡。真是一個怪人。那個醫師……」

我帶著幾分諷刺的意味如此說道，她好像已預期到我會說這些話，瞥了我一眼，側面露出若有所思地微笑點點頭。

「對。我想一定是這樣。可是醫師……白鷹醫師真的不是那樣的人喔。」

「嗯。當真是一位個性開朗的男人嗎？」

「對。非常風趣又平易近人……」

「真是奇怪。那……為什麼以那般無禮的態度對待我呢？」

「醫師……我就是想跟您講有關這件事，今天從白天就一直站在這裡，等醫師您回來。可是……我不知道您會搭電車還是坐車回來。」

說話其間，她還兩三次以漂亮的縮緬[11]衣袖去遮臉，完全是一派年輕小姑娘的動作，混著多少有些憤慨的語氣，說出以下驚人的事。

---

11 縮緬，絲綢表面凹凸不平。主要用於製作高級和服以及和式包袱。

我把當時從她那裡聽來有關白鷹醫師家中的驚人祕密，一五一十寫出來。這絕對不是要褻瀆白鷹醫師的神聖家庭。因為我對您的人格有無上尊敬與信賴，才堅信要把事實向您告白。同時，我相信那也足以證明姬草百合子的說謊天賦有多麼驚人。一般人說謊到這種面臨已知無法挽救的淒慘局面，她在瞬間仍能以她自己獨特的說謊天才……這難道是打算創造各種話式、角色分派，以生動又藝術性手法來收拾嗎？

我在將近十二點，有如光影和噪音河川般的櫻木町電車街的人行道，與她並肩邊走邊聽她持續道出令人驚訝的真相……並對她所說的事傾耳專心細聞。

白鷹醫師……今天遇到那位像似很嚴肅的白鷹醫師，在K大耳鼻喉科在職時，對姬草百合子無比珍惜、寵愛。但是一到值夜班時，白鷹醫師對她的寵愛，經常想越過那條界線。

不過，她當然不喜歡那樣。

她的夙願就是成為一名有相當地位和教養的護士，之後取得女醫師的資格，和自己信賴的男士結婚，在大東京開業……相互扶持、錦衣歸鄉……因為這是她一生的目標，所以極度害怕被他人玩弄，最後無可奈何下，她決定把這些事直接告訴白鷹醫師的夫人，也就是久美子夫人。

久美子夫人果然如她想像般，是世上一位賢慧而貞淑的女性。世間一般女人碰到這種狀況，通常不去追究丈夫的罪過，而是對那個無辜的女性詛咒、憎恨到死……但是明事理的久美子夫人，不只是考慮丈夫的狀況，也很喜愛她這種潔身自愛的態度。慈愛無比地想把她留在自宅照顧，她考量自己並沒犯錯，從今年二月就寄宿在下六番町的白鷹自宅，不愧是白鷹醫師，對此也不敢有任何一句抗議。

然而，久美子夫人的善意，反而是導致她失去工作的原因。她當護士時的優秀表現已受到嫉妒，如此受寵更遭到其他新舊護士的嫉妒和羨慕，於是捏造出她是白鷹助教授第二夫人的謠言，沸沸揚揚到處宣傳，她覺得對久美子夫人太過意不去，所以請求離開，夫人也流淚答應，並給她超出一般的賞金。於是百合子帶著宛如姊妹分離般的痛苦，借住在下谷伯母家裡。今年五月初，到處找工作直到在臼杵醫院安頓下來總算才安心……以上是她的告白。

「……因此這段期間白鷹醫師為何不願和臼杵醫師會面的理由，我也很清楚。今天，我去見白鷹夫人，為至今所付出的苦勞全部告訴她。假如臼杵醫師和白鷹醫師成為非常要好的朋友，臼杵醫師為顧慮白鷹醫師的感受，要把我解僱那該怎麼辦……太太也邊流淚邊要我不用擔心。將來無論發生什麼事都不必離開臼杵醫師那裡。太太說會好好向臼杵醫師拜託，真是很感恩……所以我才非常高興回來橫濱，可是今天臼杵醫師和白鷹醫師會面時，白鷹醫師會是怎樣的態度呢？雖然我認為他是一位圓融的人，肯定會一見如故與您交往，不過仔細想一想，男人嘛！一碰到這種事立刻就會做出卑鄙的事……算了，不說了。呵呵……這麼一想，就害怕到不知該如何。難不成白鷹醫師對於至今的所有事，露出一臉絲毫都不知道的表情，他的態度也許和平常不一樣，初次見面就以魯莽的態度對待臼杵醫師而讓您感到失望。因此在什麼話都不說之下，我就變得很沒立場。我看起來就像一個捏造事實的女騙子，也許我就會受到這種待遇……當我察覺這一點時，真是坐立難安，除了等醫師您回來外，真是莫可奈何。

……啊……臼杵醫師。您最初說要我幫忙介紹認識白鷹醫師時，我就感到很憂心所以婉拒，還記得嗎？因為那時候我就有一種會發生這些事的預感，才會那麼躊躇，但因為您是我心目中很重要的人，您那麼熱切拜託，我就想自己的事無所謂，斷然打電話給白鷹醫師了。

……啊……臼杵醫師。白鷹醫師為何不想見您的理由，您已經知道了吧？白鷹醫師一開始就認為您所有一切事都聽我的，因此您說要見面，無論如何他都不願意……才會連一次都見不到面。我認為就是源自不想見面的心情，才會一次又一次使出那些招術。我非常清楚白鷹醫師的這種心情……因此感到非常委屈非常委屈……

……我……不是一個會拿別人家祕密隨便亂講的長舌婦……我只是不希望

自己成為世上一個到處被欺壓的流浪女子……我只想替您認真工作……我在K大是那麼拼命工作……但是實在太……實在太……實在太過分了……」

她把黑雨傘丟在路旁撒著石灰的碎石路上，蹲下去以兩手的衣袖摀著臉開始哭哭啼啼。

等我察覺時，兩人不知不覺中已經走到紅葉坂自宅的石階下，面對面站在那裡。那時有兩三個像是工人的路人經過，還以奇怪的眼光回頭看，不知道在那些人眼裡，我們兩人看來像什麼關係？

我好不容易安撫她回醫院。不過那時到底講了些什麼話安慰她呢？我完全不記得了。倘若想起來，約莫就是一些對白鷹醫師如何憤慨的說詞吧。

我爬上石階，走到空地盡頭的自宅門前，拉開舊格子門時，客廳最裡面的時鐘剛好響起一點的報時聲。我想到和她竟然站著講了將近二十分鐘之久的話，一個人就臉紅了。察覺家中一切平安無事，不由得摸一下胸口卸下那塊大石頭。

然而，簡單說來這不過是我的一場空歡喜罷了。在電車裡我持續抱著一種異樣的不安，就出乎意料的意義上，果真正中紅心。

姊姊和妻子穿著睡衣帶著有點激動的神情，慌張出來招呼我，一看到我就幾乎要抓住我的衣服前襟，立刻同聲問道：

「見到白鷹醫師了？」

兩人左右夾攻來逼問我。

「嗯。見到了。」

「姬草怎樣呢……」

「剛剛，才一路邊走邊講話講到這裡來。」

姊姊和妻子相視而看。無言的臉龐，明顯露出恐怖的神情。我看著她們那種神情一邊脫下鼠灰色費多拉帽的瞬間，發現自己宛如身處偵探小說的深夜一節當中，有股寒氣襲來。

「你和姬草說些什麼事？」

「嗯。妳們先說吧。」

「你先說啦。」

「……傻瓜……不都是一樣嗎？好啦，我說。」

「可是你……」

「到飯廳去吧。喉嚨很渴。」

接下來在邊喝熱茶邊聽兩個女人告訴我發生什麼事的過程……我的腦袋瓜不知不覺中，怎會浮現變成奇怪家庭悲劇的舞台轉來轉去。

我不在家時，理應臥病在床的白鷹久美子夫人，打電話到臼杵醫院。看來是大約兩小時前和我相會面的白鷹助教授，馬上打電話到下六番町自宅所帶來的結果，白鷹夫人非常冷靜，同時以無比友善的語氣，向我們一家人提出警告。

聽說接電話的是妻子松子，當她從白鷹夫人那裡聽到事情始末，對女人來說簡直就是嚇破膽的事。

當然，姬草百合子的話多少有些真實性。她確實和在K大耳鼻科工作的姬草百合子是同一個人無誤。她作為一名護士的技能，具有令人驚訝的出類拔萃天分是事實無誤。不過，除了具有令人驚訝的出類拔萃天分，同時是個說謊名人這件事也是眾所周知的事實。

稍稍有點社會名氣的人一進到K大耳鼻科住院，她、姬草百合子就會以她獨特敏捷的外交手腕排除其他護士，由她盡心盡力來看護。那些被照顧的人變得開口閉口就左一句姬草、右一句姬草。其結果，她就可以從這些人手中收到一些貴重禮物，因而常自豪地向夥伴炫耀，以致被別人問：「為什麼妳會獲得這些禮物呢？」

不僅如此。她也不在乎地到處張揚自己和那些有身分地位的家族當中的什麼人訂過婚……結果原來是和很早以前曾住院的電影明星還是誰來往而有了身孕，不得不去墮胎……這種事她亦毫不害臊向護理長坦白（？），而向醫院請長假。另外，還煞有其事自己造謠說醫事人員的甲啦乙啦和她有關係……因為過於傷風敗俗，K大耳鼻科科長大凪教授終於看不下去，卻還是手下留情，指示她自行離職的處分。

不過，白鷹久美子夫人從以前就是衛斯理宗[12]的虔誠信徒，老早前就很同情她這種說謊的壞習慣。而且好像對她的才能和將來深感可惜，因此才在她被解僱時就把她帶回去，不辭辛苦要教育她不再說謊。試著以基督的聖名要戒除她的壞習慣。

然而，這對她來說好像是難以忍耐又無聊的事。終究連一聲招呼都沒有就離開白鷹家，因為行蹤不明，久美子夫人日夜都掛心她到底在哪裡時，突然在今年六月初，百合子來電話說目前在橫濱臼杵醫院。還說自己從那之後就徹底改掉說謊的毛病，很得臼杵醫師的信賴，以前的事請千萬代為保守祕密等等……這一番聽來極為老實溫馴的話。

不過白鷹夫婦早已看透她的性格，不僅沒那麼容易就相信她的話，從此以後就籠罩在一種形容不出來的不安中。而且認為那女人進入臼杵家，又會說些煞有其事的謊言，肯定把臼杵家搞得一團亂。隨之而來，甚至連K大和白鷹家的事，都不知道會怎樣胡扯而讓臼杵醫師相信……因為有這種擔心，夫人經常私下寫信到臼杵醫院給妻子松子，裝作若無其事詢問百合子的行為舉止，不過信件多半被她撕碎了吧，從來沒有收過回信。

白鷹夫人的擔心，因此愈來愈加重。心想說不定臼杵全家人完全相信那個說謊高手所說的事，看不起白鷹家，才會不理不睬吧？不過，話雖說如此，若是用過於執拗、急迫的手段想和臼杵家取得交往的門路，自己這邊反而會成為很狼狽又可笑……因有種種顧慮，漸漸陷入一種形容不出來的荒謬、不愉快又不安當中。特別是小心眼、神經質的白鷹醫師對於百合子的惡習極為恐懼，那陣子夫妻只要一碰面，盡是談這件事。「今天我丈夫說和臼杵醫師見了面，一

12 衛斯理宗（Wesleyans），又稱循道宗、監理宗，是基督教新教主要宗派之一。

看他的模樣總覺得有些怪異，所以要我打個電話問問看。臼杵醫師好像非常亢奮，也許那個女人又做出不該做的事，還是早點打個電話比較好吧。會不會是百合子來接電話呢……我丈夫這麼說……」妻子松子聽了久美子夫人以上的話，拿著話筒氣到滿臉通紅，幾乎快站不住了。

儘管如此，妻子松子同時有一種難以忍受的不安，因此鼓起勇氣繼續通話，向久美子夫人探詢很多事，果然如自己所想……至今姬草所強調的事，可以說從頭到尾都是些沒有根由的謊言。諸如白鷹醫師到平塚看診的事、觀賞歌舞伎的事，連當天久美子夫人在三越百貨門口昏倒事件，還有她去探病等所有事情，都是她胡亂捏造的謊話，真是令人驚訝。

我在聆聽這些話當下，有一種被強力高壓電電到的感覺。臼杵醫院的吉祥物。天才護士。以為是和平鴿轉世的姬草百合子那純真無邪的模樣，就像被X光線照射下眼見它逐漸消失而成為灰色醜陋的骷髏般的幻覺。同時，想起剛剛邊哭邊從黑暗的紅葉坂往醫院方向走下去的百合子形影，宛如浮現在腦海的西班牙單步舞曲旋律。對比專注凝視著我的姊姊和妻子的蒼白臉色，有一股說不出的不可思議恐怖感從我的背脊蔓延開來。

這時候妻子松子才剛換了一杯新茶，像是話告一段落般，長長嘆一口氣說出這麼奇妙的一段話。

「唉，我說姬草這女孩真是一個不可思議的女孩。雖然抓住她所做的一切事也清楚知道她的毛病，為什麼我卻不憎恨她呢？白鷹太太也是和我一樣的心情，她肯定很疼愛那個女孩，現在我才明白。我和姊姊一直在談論這件事耶。」

聽到這些話時，我終於下定決心。因為我察覺她……姬草百合子那不可思議、無限魅力……現在連我的姊姊和妻子也完全被那種可怕的魔力所糾纏，不禁「呼～」嘆一口氣。與此同時，我想到了解決的手段，如何從她那有如被一層美麗迷霧所遮掩般的魔力逃出來的手段……雖然那是有些粗暴、卑鄙的手段……我故意對姊姊和妻子不發一語就站起來，再次走到玄關戴上帽子。她們兩人露出奇怪的表情看著我，我也沒有說出自己要去哪裡就穿上鞋子。就這樣飛快走到熙來攘往的紅葉坂，綿延重疊的黑色屋頂，閃爍的廣告燈，加上銀白色的星光點點，彷彿都是她到處散布的謊言殘骸。

我打了個寒顫，順紅葉坂而下。招了輛恰好經過的計程車，直駛到神奈川縣政府前的東都日報分局，把中學同班同學宇東三五郎、也是該分局主任叫出來，一起到附近一家雞肉店二樓。我以「也許是有趣的故事」打開話題，把至今有關姬草的事情毫不隱瞞逐一說出來，並詢問宇東主任的意見到底該如何才好。

宇東三五郎捻著自豪的鬍鬚默默聽我敘述，這時候才看著我露出嘲諷的笑容。他以超級直白的語氣查問道，

「嗯。我還想問你一件事，你得真實告白。」

「沒有任何事可以告白了。除了剛剛所說的事之外……」

「嗯。那麼她和你之間沒有任何關係囉？」

「……笨蛋……你很失禮……我哪是那種人……」

「知道。知道。這樣就明白了。」

宇東三五郎突然拿起一根雪茄菸斗叫道：

「知道了，知道了。是赤色、赤色啦。」

「咦？赤色……？赤色是什麼……」

「赤色分子就是赤色。除了赤色共產主義者外，不會有那種奇怪活躍方式的人。看起來她和那些進行地下活動的赤色活動很像。現在還有一些可怕的詐欺天才，仍然存活在赤色組織內。若把那種女人養在身邊，不知道會遭到怎樣的結果……你……」

「嗯。終於明白了。那個赤色。不過那女孩，果真那麼可怕……」

「不行、不行。這樣不行啦，讓人家那樣想，這就是赤色一流手段中最可怕的地方。肯定是赤色。赤色啦、赤色啦。除此之外，哪裡必要使用那麼奇怪的行動呢？那個叫姬草的小妞，也許是以你的醫院為據點來和很多人聯絡啊。」

「嗯……不是不可能的事，但是我看不出她有那個樣子。」

「怎能讓人看得出來。假如連你這種完全外行的人也看得出來，那傢伙早就被抓起來啦。」

「嗯……是這樣嗎？」

「總之，這小妞不是我們這種外行人治得了的人。因為剛剛所說的這些事是上不了新聞報導的。現在立刻到特高課長家去找他。」

「咦？特高課長……」

「嗯。因為這一切事情都不是我們可以處理的，他們的邪惡深不可測。」

「在哪裡？特高課長家……遠嗎？」

「不知道嗎？你。」

「不知道。」

「不知道？就在你家隔壁啊。」

「咦？隔壁……」

「嗯。就是田宮家啊。真是糊塗蛋，你啊……」

「我又不是赤色。完全沒察覺到……」

「那個什麼草的小妞，她的目標說是你家，其實不如說是隔壁，也許因此才接近你，這是我的直覺……」

「原來如此。那個田宮的話，我在抽取汽油時曾在門口和他打過兩三次招呼。是個相貌凶惡的大個子。」

「嗯。就是他、就是他。認識的話就更好。立刻去吧……等一下，我先回辦公室打個電話告訴他一聲。」

事情的節奏漸漸變快。感覺事件的盡頭好像逐漸接近眼前，在盡頭到底會出現什麼呢？

雖然覺得很激動，還是跟宇東一起搭計程車飛奔而去。

聽說田宮特高課長已經睡了，但是基於職掌，他並沒露出不悅的臉色，在二樓客廳與我們會面。

田宮先生一副黑社會老大模樣，膚色黝黑，富泰又威嚴，穿著棉袍端坐在紫檀桌前，邊抽著朝日香菸邊聽我敘述，聽完後雙臂交握在胸，轉頭看一旁的宇東記者，嘟囔道：

「難道是赤色嗎？」

我一聽，又開始不安。不由自主往田宮先生前探身，驚恐問道：

「假如是赤色，該如何是好？」

田宮先生的眼眸中閃過一道冷光。

「抓起來。」

「……咦？抓起來……為什麼……」

「明天早上……不，今天早上才對。天一亮，刑警直接就到醫院，拜託中間不要讓護士逃跑。」

「這……這有些困擾。」

宇東很機靈，替我這句話感到慌張而解釋道：

「其實，我們就是為此事而來拜託您，臼杵匆匆開業不久，如果醫院出現被逮捕的赤色……」

「啊哈哈哈。這倒是合情合理。那麼依照你們的希望吧。明天早上盡可能早才好。可不可以用什麼絕對錯不了的事讓那女孩外出，若是知道外出的地點那更好。」

「……我明白了。那就這樣吧。我有一塊很大的南洋產紫翠玉。姊姊和妻子都不喜歡紫翠玉，正愁著不知該如何處理，我會拿給那女孩，並且要她立刻到伊勢崎町的松山寶石店將那塊紫翠玉做成戒指。我想最晚在九點到十點之間就會出去……因為十點以後就開始忙了。」

「可以。不過赤色相當敏感，必須非常小心……」
「應該沒問題。今晚我來這裡，沒有人知道……而且，妻子從以前好像就說要買一個戒指送給姬草……」
「原來如此。那正好……」
「我明白。這麼晚還來打擾……」
事情就那樣決定，但是那一晚我終究還是陷入不服用安眠藥就無法入睡的悲慘狀態，後來一問才知道姊姊和妻子也一樣。她們兩人聽完我的詳述，想像天亮後可怕的命運無法避免將落在姬草百合子的美麗肩膀，以及事件本身的可怕，過於激動以致徹夜無法安穩睡覺。松子說是在昏昏沉沉中看到姬草百合子雙手被反綁拖出醫院，嚇到驚醒。姊姊離譜到甚至說看到她被吊在絞首台的絞死臉孔，松子好幾次好幾次從噩夢驚醒，說是在夢中被百合子叫醒，看來松子壓力相當大。
儘管如此，天亮後還是依照計畫百分之百順利進行。妻子若無其事來到醫院，立刻把姬草護士悄悄叫進藥局，把那顆大紫翠玉拿給她。妻子的態度極為自然，百合子毫不懷疑，開心地跑來向我又是鞠躬又是哈腰地致謝，那時我一如平日微笑並優雅點頭，可說是一派名演員的舉止。後來還被姊姊狠狠地嘲諷一番。

不過她……姬草百合子很在意十點的開始看診時間，很快地就換上外出服，急忙走出醫院大門了。那時姊姊、妻子和我目送她的背影離去的態度，其實緊張到引起其他護士的注目，簡直就像在目送身分高貴的人出門般神情緊張僵硬，後來還被問發生什麼事了。我們顯然非常失態。姊姊和妻子為掩飾湧上眼眶的淚水，當然趕緊躲進洗手間，我也不知道如此滑稽，到底怎麼回事啊。

姬草百合子就這樣沒回來了。

姊姊、妻子和我，那一整天就像剛發生的事一樣，不時以面帶蒼白的神情互看彼此，隔了一晚的翌日早上八點左右，從隔壁田宮特高課長家來了個小學一年級小男孩說要接我過去，我不安地換好衣服過去一看，田宮先生一如前天晚上穿著棉袍，在可以眺望橫濱港內的二樓客廳等待。一看到我就紅著臉露出詭異的微笑，比起前天的語氣更為磊落大方，冒出一句：

「那不是赤色啦。」

「咦……」

我有點不知所措，嚇得直眨眼重新坐好。

「煞費苦心調查了。調查後發現她和赤色並沒有任何牽連。原本說是她家鑾富裕的，根據電話和電報雙管齊下訊問，她家別說富裕，根本是赤貧的狀態。據說她的哥哥，年約二十七、八歲，也是家中獨生子，好吃懶做把家當幾乎敗光，丟下一句要到東京創業便離家出走，不知去向，年邁父母就這樣無人照應，有一餐沒一餐也不知該如何是好。當然啦，那個女人……叫什麼來著……對對對，叫百合子的也是連一毛錢都沒寄回去，你說的奈良醃瓜那件事好像全是她捏造。因為連姬草百合子這也不是本名，聽說她們家姓堀。進入慶應醫院[13]時是用她朋友妹妹的戶籍謄本，隱瞞年齡。她的本名是由美子，這個堀由美子十九歲時，離開故鄉說要尋找哥哥已經過了六年，姫草所謂今年十九歲的年齡也是胡扯，她自己則是努力裝出二十三歲的模樣。當然啦，報告中並沒有出現她是女學校畢業，因此到底說謊到什麼程度啊？那真是一個深不可測的女人……」

「喔。根本就不是赤色啊。」

「絕對和赤色沒有任何關聯。我們已經嚴格調查過了。」

「那麼那女人，到底是什麼呢？」

「這個嘛。嗯哼。這個嘛。歸根究柢，那女人不過就是一個可憐的女人而已。她衷心感謝你們一家人對她的和善親切。說是一輩子都要待在臼杵醫院。還邊哭邊說假如被臼杵家的人懷疑，寧願咬舌自盡。」

「啊。真的嗎？」

13 這裡突然出現的慶應（Keio）醫院，應該是指前面多次出現的K大，依原文翻譯。

「當然是真的。哈哈哈。早上十點左右請來接她回去吧。因為赤色嫌疑而逮補她，既然已經洗刷嫌疑就應該釋放。真是抱歉……我只這樣說，其他什麼都沒說，把她交給你……不過我也告誡她，臼杵醫師非常信任妳，不要再說謊。總之，她是一個可憐的女人，以後請您照顧她。」

「唉……真奇怪。那女人有什麼必要，捏造出那些紛紛擾擾的事情，讓我們受到羞辱呢？那些毫無來由的謊話……」

「對。有關這一點也徹底調查了，簡單說好像就是那女孩的無聊壞習慣。很像鄉下出來的女傭吹噓自己家鄉那種情形，並不特別構成犯罪問題。更進一步就牽涉到個人的祕密，所以不能再調查。哈哈哈。害您損失一顆寶石，真不好意思。請您好好照顧她。因為她是一個可憐的女人……我該準備去上班了，就此失陪。」

遲鈍的我，從田宮先生的態度讀不出怎麼回事。好像一個什麼都沒察覺到的呆子就被趕出來。我把事情經過告訴姊姊和妻子，兩人再次天真地歡天喜地。

「你看，早就跟你說了。」

「什麼早就跟你說了，傻瓜……根本什麼都沒說好不好？從一開始就……」

「不對。我就是這麼想的。我早就認為姬草不會是赤色，可是你偏偏多事……」

「什麼多事。至少清楚知道姬草愛說謊，不是嗎？」

「不過太好了。沒事就好……我才跟姊姊在談這件事耶。萬一姬草平安無事回來，會不會把她解僱呢？和姊姊商討過各種情況後，不管怎麼說她還是很可憐，所以能不能拜託讓她留下來……就是這件事啦。啊。實在太好了。我們家的吉祥物……我們兩個人立刻去把她接回來。這樣……可以嗎？」

兩人說著，精神抖擻地坐上車子就出去了。連我的早餐都忘了準備……

聽說百合子在拘留所前的走廊，緊緊靠在姊姊的胸前。像五、六歲孩子般又哭又叫並痛苦地扭動身體說著，「不會再說謊，不會再說謊，不會再說謊。」

姊姊和妻子說是看了於心不忍，認為她受到嚴峻的逼問才會這樣，兩人為她也暗暗掉下眼淚。

然後三人就一起坐上車子回來，昨天早上化妝的痕跡已從百合子的脖頸消失了，姊姊和妻子幫她放洗澡水，又讓她換上乾淨的貼身衣物，簡直就像死而復生般的騷動後，終於和我一起共進早餐，不過百合子只是哭著不斷反覆說，「對不起，對不起。」終究一口飯都沒下肚。

然而她……姬草百合子……或說堀由美子的性格，真是太奇怪又不可思議啊。

我故意晚些上班，讓她坐在玄關旁客廳，問問看有關審問的種種情形……不管怎樣說，審問內容本身實在令人意外也感到驚訝，真是不像話。

她已完全現出原形，垂頭喪氣，邊流淚邊說。依她的說法，伊勢崎署的諸位警官對她的審問模樣，哪有什麼嚴峻的騷動。她哭哭啼啼一副很悔恨的模樣開始說明，她所描述的那種過於諂媚、荒謬的狀態，幾乎讓姊姊和妻子都要坐不住了。她從署長室有一個熊熊炭火的火爐，和穿著便服的田宮特高課長面對面的室內光景開始，炭火好幾次好幾次暴跳，甚至連田宮課長的手錶聲音，都講得非常逼真。

不過，這時候我絲毫不感到驚訝。

我以平常心聽她繼續敘述，凝視她漸漸變得亢奮、滔滔不絕的表情當中，發現她的眼神有一種異樣美麗的光芒逐漸顯露出來。那是精神異常者亢奮時經常可見到在純真之上的高潮性純真，形容不出是妖豔還是悽豔，洋溢著色情感的一種魅惑情欲光芒。這樣看著她的眼神當中，即使是我這般遲鈍的人，所有事情的表裡輪廓也慢慢有如黎明般清楚起來了。從她那不可思議的腦髓所描繪出來、至今所發生的那些極為複雜混亂事件的底層，可以看透其實就是一個平凡、簡單明瞭的事實。

她講得正起勁時，我性急地假裝上洗手間，悄悄來到飯廳。我低聲吩咐紅著臉露出苦笑的妻子，要她趕緊把在醫院和百合子同寢室的護士叫過來，打算詢問關於百合子的私密事。

呼叫的是一名剛從鄉下來姓山內的護士。看起來完全是一個忠厚、老實、怯生生，帶點不安那種類型的女人，她在我們三人面前，慎重地將一雙白得透紅的手重疊擺在膝上，就像柔道選手般目不轉睛地回答。不過好似對姬草有所怨恨……

「是的。姬草的月經週期都很準確。大抵是每個月的月初，四號或五號。因為她叫我幫她洗衣服，所以很清楚。」

我聽完，二話不說馬上起身，換上西裝。丟下所有事不管，坐上車子飛馳到縣府特高課，會見剛來上班的田宮課長。省去一切客套寒暄，立刻進入主題。

「田宮先生。總算明白了。給大家添麻煩那個叫姬草百合子的女人，雖然不清楚她是卵巢性還是月經性，總之就是因生理性憂鬱症而發作的精神異常者。那女人身上一感到焦慮，無聊的虛榮心就會發作，到處講些毫無根由的事，終於明白為什麼每次都是在月經前兩三天亂說話的原因。只要一翻開我的日記，就一目瞭然。」

「哈哈。是這樣啊？其實就我的經驗，也懷疑過是不是那回事，卻因不得要領……可是為什麼你要調查那些事呢？」

「因為那是……有關彼此名譽的事，您若不坦白告訴我，實在很困擾，昨晚審問時，那女人是不是說了我什麼呢？」

甚至連老練的田宮先生，聽到這個問題時竟也臉紅起來了。

「哈哈哈。我知道了……回到您那裡後全說了嗎？」

「不、不。那些事根本都沒提起，反而說你們在審訊時態度怎麼和善怎麼親切。其實，說明得很詳細又很逼真……所以我才感到奇怪，立刻想起今天早上您說的話，坐立難安因此才趕過來。真是很過分的傢伙。那女人……」

穿著制服的田宮先生面紅耳赤，驚訝得呆立不動。

「不。毫不隱瞞全部告訴您吧！這樣的話，我也可以當作參考，您在十月的……哪一天？下午曾到箱根的蘆之湖飯店替一位外國人看診吧？」

「對。我去了。石油公司的負責人……一個叫做拉魯的老人。」

「那時候也帶著那女人去嗎？」

「怎麼會帶她去？我是獨自一人前往。」

「原來如此。那麼百合子是留守在醫院嗎？」

「這個……應該是在醫院……因為沒帶她去……」

「可是聽說那一天下午，百合子並沒在醫院。昨夜，打電話詢問過醫院的護士，說是您出去沒多久就從橫濱車站打電話回來，命令百合子準備一下立刻到橫濱車站來……」

「咦。太驚人了。那女人帶有電話狂熱症，經常利用電話虛構一些事情，看來實際上好像有人打了那通電話。」

「總之，聽說百合子因此急急忙忙化好妝，盛裝打扮離開醫院。」

「哼。傻瓜……怎會有帶著盛裝打扮的護士看診這種事呢？」

「對嘛。我聽到這件事時，也覺得有點奇怪。有沒有必要帶護士出診，理應在離開醫院前就知道了啊。」

「首先，就算帶護士出診，也不會做出那樣令人可疑的方式啦。哈哈哈。」

「哈哈哈。但是那時候的事情，我問得相當詳細喔。聽說飯店內有一個非常好的澡堂叫做夢幻谷還什麼的。我是沒去過……」

「我聽都沒聽過。我在那飯店和拉魯的洋鬼子一起吃飯。他應該還在，去問問看就知道，很嚴重的神經衰弱引發中耳炎，因此動了鼓膜切開術……」

「是這樣啊……她說那個夢幻的什麼澡堂非常棒喲。兩個人浮在藍黑色岩石之間，照在屋頂上的鏡子，看起來就像桃紅色的金魚喲……哈哈哈……」

「太蠢了。我什麼時候去過啊？」

「總不致於一個人單獨去吧？」

「當然是這樣……無可救藥的傢伙。」

「太不像話了。」

「真是不像話……其實，今天早上您訓誡我要把她永遠留在身邊好好珍惜，那時我真是無法諒解您這種牽涉到個人名譽的說話方式。現在我立刻要把她趕出去，我希望您能夠了解才趕來和您當面說明。」

「不、不。慚愧至極。慎重向您致歉。請立刻把她趕出去。實在太不像話了。」

「不只是不像話。因為我的粗心大意，給您添麻煩……」

「世上竟有這般無聊的傢伙。第一次碰到。實在是……」

「是啊。實在是很罕見。連您都……」

「所謂貴婦什麼的那群人當中，某個程度倒是不少，因為不構成犯罪行為，我們也就不多費心。」

「難道她們的說謊技術更高明嗎……」

「那樣的人也有啊。總之，也可說是一種妄想症。自己老家是富可敵國的富豪，自己是天才護士、絕世美女，沒有一個男人不迷倒在自己的石榴裙下。各種有地位有名望的人，都會來詢問是否有困難……妄想這些都是事實，更期待別人都相信這些妄想，她就是這種類型的女人。前一天晚上還提到她生過小孩這件事，出自她自己嘴巴的話，也許不是事實。說不定她還是一個處女，誰都不知道啊……哈哈……」

「啊哈哈哈哈。哎呀。真是吃盡苦頭。以後請多關照……」

「再見……」

這麼說完後就此告別，我在回家途中順道打電報給她的保證人，也就是那位住在下谷的伯母。雖然感到終於有如從非常荒謬又漫長的夢中醒過來……但縱使如此，我又開始懷疑所謂她的伯母這號人物不知道是否真實存在……

說是她伯母的婦女是一位梳髮師傅，那天傍晚大模大樣就來到我家。肥肥胖胖身材、年齡約四十來歲，梳著很有精神的櫛卷[14]髮型，身穿俐落的棉質和服，充滿活力的打招呼聲，響徹左鄰右舍。

「哎呀，真是冒冒失失的小姑娘啊。其實……不是。我不是她的伯母也不是她的什麼人喲。而且我還是在江戶中心部附近出生的。呵呵呵……我以前在那大學醫院的耳鼻科動腦膜炎手術時，那個小姑娘對我比照顧親人更為周到。因為這個緣分，我就被捲進去了。她一聲聲伯母長伯母短好親熱，沒法子就當她的保證人了……不是。就是這樣啦。那個小姑娘不管什麼時候來我家，附近的年輕人就來糾纏不清，真令人困擾。那個小姑娘真的該怎麼說才好呢？實在是一個奇妙的小姑娘。她來我家才沒兩三天，就把附近的年輕人弄得吵吵嚷嚷，簡直就像使了魔法般喲。因此，我希望她趕緊到別的地方去。保證人什麼的都可以替她當。這麼一來才總算把她趕出去，可是……」

她就在滔滔不絕當中，趁隙彈一彈襪子上的灰塵，從後門迅速就走上飯廳。然後掏出一個舊式小菸盒，拿出一根細細銀色菸管，壓低聲音眼睛睜得大大的。她對我端出來的菸草盆[15]頷首致意……雖然這個辛苦的保證人已經出面，我們三人卻感到非常驚訝而面面相覷。

「那些年輕人倒是想起一件事。那個小姑娘就是之前，全東京報紙傳得沸沸揚揚的『謎團般的女人』耶……您知道那件事吧？她好像是那個『謎團般的女人』本人。她還說這種程度的惡作劇她是做得出來啦……聽說那個小姑娘是被那群年輕人煽動才不小心說溜嘴。後來大家半是開玩笑起鬨東問西問，似乎還真是本人，眾人無不感到可怕。這是有人在她外出後偷偷告訴我的……我聽了以後也覺得可怕。所以趁著她出去找工作不在家時，翻查她留下來的隨身物，結果你知道怎樣嗎？有一個新的小紙夾裡，夾了好幾份有關『謎團般的女人』的剪報……不，連一張其他報導的剪報都沒有。我嚇都快嚇死了。一想到

14 櫛卷，為婦女髮髻最簡單的一種髮型，以長髮纏繞小梳子而成的髮髻。
15 菸草盆，是將香菸、點火盆、菸灰缸、菸管等收納為一的抽菸道具。

也許會被追究責任，我就非常惶恐不安。事情就只是這樣，實在很抱歉。好的、好的，當然會把她帶走……是、是，盡可能不會引起別人注目把她叫出來悄悄帶走。已經、已經不會讓那種來路不明的人住在我家。弄到無法收拾的話，恐怕會破產……她哪有什麼哥哥？全都是謊話啦……貴府想必也遭殃了吧。給她一點錢回故鄉的話，不必事後自己不好受，也不必擔心被怨恨。實在很抱歉。我自顧自一直講，對不起。打擾大家了，那就這樣。就此失陪……」

她果然依照承諾，暗地把百合子叫出去並帶走。從那天傍晚，我們自是不用說，連一起共事的護士都沒察覺，姬草百合子就消失了。除了一開始所說的那封遺書之外，不曾有她的任何音訊，醫院和以前一樣門庭若市。

儘管如此，衝著她的名字而來醫院的病患仍然持續不斷。讓我不禁懷疑難不成我的醫院是為她而存在的嗎？

另一方面，根據警官和刑警諸君的說法，她指使對面蕎麥麵店一個曾當過電影辯士[16]的外送員打電話，假冒白鷹助教授從東京來電話也是這個辯士。她把台詞全寫在便箋上，叫辯士到醫院地下室練習又練習，還有白鷹醫師的信函也是她擬好文案，委託縣政府前的代書人書寫後寄出，我聽了據說都是她招供出來的這些事，愈聽愈認為她的虛構創作能力、舞台導演能力真是非比尋常。有關虛構的結構，她確實具有專業水準……或說是病態的知識和興趣。她具有任何壞蛋，或說任何藝術家所不及的天分、自由自在發揮的能力、吸引人的魅力，同時又以一種勢不可擋的氣魄，和冷峻、殘酷的現實奮戰到底，把K大醫院、警視廳、神奈川縣警察署與臼杵醫院玩弄於股掌之間。縱使掀起一波又一波的騷動卻能讓它無聲無臭地慢慢消失，想像她這等高超的本領，我終究無法不驚愕、長嘆。

另外，還有一件重要的事。在那之後，盤點醫院內部時，發現短少一個小

16 電影辯士，是默片時代為電影旁白並向觀眾講解劇情的一種行業，為電影說明者。

型注射器和一瓶嗎啡。而且是她……姬草百合子前往盜取當下，被前述那位鄉下來的山內護士撞見，那是九月初的事情，那時候姬草轉過頭惡狠狠瞪著她說：

「說出去的話，妳就看著辦吧！」

姬草像似青面鬼的猙獰模樣，可怕到讓她至今不敢說出來……

「……世上沒有像姬草般令人毛骨悚然、恐怖的人。她常說人生太無趣、太無趣了，很想去死、很想去死，弄得我很害怕、很害怕，所以姬草半夜上廁所時，我也曾悄悄跟在她後頭注意……不僅如此，姬草非常霸道，髒衣服什麼的都要我幫忙洗，呼叫對面蕎麥屋年輕人也是叫我去。而且姬草三番兩次警告我：『我（姬草）的祕密若讓臼杵醫師知道的話，我打算先殺了妳（山內）再自殺，除此之外別無退路。因為我只要踏出醫院一步，我就全毀了。』」

以上是山內護士驚恐得瞪大眼睛所招認的事情。

這時候，我才知道那個姬草是賭命捏造一個又一個的謊話。若是她的謊話被拆穿，立刻就會厭世而必須自殺，白天陷在這種鑽牛角尖心理的窘境中度過，夜晚則只能等待天亮。而且，在這種冒險的緊張氛圍中，她就是這樣感到一種難以言喻的神祕生存價值一天又一天過日子吧？

她對於殺人、順手牽羊、竊盜都毫無興趣。只有對說謊一事感到無限……一種連命都可以豁出去的興趣的天才小姑娘。

她對貞操的墮落似乎多少也有些興趣。不過，那並不是具體的墮落，而是虛構的墮落吧？想像中的不倫、淫蕩，遠比現實中的不道德，不是更能讓她亢奮和滿足嗎？她在肉體上遠比我們這些第三者的想像，不是還要清純乾淨嗎？這是有一個可以想像的空間。

像她這般的說謊高手，從K大以來不曾改過名字的心理，就這一點來思考，想像力也隨之而來。那就是不只是她自覺姬草百合子這名字，適合她清純、楚楚動人的外表。這種純淨無垢的感情，讓她引以為傲的內心深處有某種意念，使她對這個姓名有種難以言喻的執著，不是嗎？

白鷹兄足下

有關姬草百合子，我的報告就此結束。

宇東三五郎依然認為，她是一個極為聰明的地下運動者。表面上，她偽裝為單純愛說謊的女人，卻充分完成工作，甚至連可怕的地下運動的一部分都讓人感受不到，就這樣高唱凱歌揚長而去的絕代天才女子。那個號稱伯母的中年婦人，也是和她一起工作的地下運動者之一，也許因為百合子的工作已告一段落，所以中年婦人才偽裝伯母來拯救她。宇東甚至如此懷疑。

另外，田宮特高課長則認為她無非就是具有一種特別才能的色魔女。從臼杵醫院附近的年輕人，沒有哪個人不知道她的名字這一事實，一件接一件發現也可以明白。因此您和我，縱使被她的奇怪手段所擺布卻依然一直在同情她，實在是最愚笨的犧牲者……特高課長好像如此認為，這從有時候來醫院的刑警諸君的口吻就可以察覺到，不過我認為他的想像未免太豐富了。換言之，也可以說是對她過於高估的觀察吧？

和您一樣……這樣說也許很失禮，我找不到自己會相信那種事的理由，您早就非常同意這種說法吧？

我也向我的姊姊、妻子坦白告知這件事。我對她沒有絲毫的憎恨。

在這個任何事都不會有回報的世上……無神無佛、無血無淚，宛如在找不到綠洲和海市蜃樓的沙漠般……這片乾涸的巨大空間裡，她相信並賭上性命緊緊擁抱由她自己空想而產生的虛構事情是唯一的天堂，我們憐憫地再三相互交談她的這種心境。她最珍惜的天堂……就像孩子緊抱著的漂亮玩具般，她所創造出來那無比珍貴的天堂，卻被搗毀、狠摔得無影無蹤，最後選擇自殺的那種悲慘心情，姊姊、妻子都流下眼淚為她感到悲傷。隔壁田宮特高課長，聽我的這些話後，笑道假如那樣思考的話，這世上就沒有罪人了。

不過事實上的確如此，她並不是罪人。不過是一個了不起的創作家而已。她只是創造出一個和我同樣性格的白鷹醫師……為了不小心創造出一個不是您的您……而且，為這個逼真的傑作，她受到萬一被揭穿非立刻自殺不可的恐怖觀念所脅迫，只為了擺脫這個脅迫，她把虛構世界一個接一個擴大、複雜化，在這當中自然造成她自己本身的悲慘結局。

然而，我們為了自己的面子，嚴厲地群起將她追到這種悲慘的結局。並且，毫不留情地緊追著把她趕進幻滅的世界。

因此，她實在是被毫不足道的事所苦，為毫不足道的事而死。

讓她賴以維生的是空想。殺死她的也是空想。

僅僅如此而已。

向您報告這件事，是為了希望您能安心，因此才寫這封信。

我邊以古柯鹼噴劑防睡魔，終於寫到這裡了，東方已泛白，腦袋也混沌一片，就此擱筆。

即使在她死後，我們依然牽連在那些謊話的流轉中，還有我對您應有的重大責任，都和這封信一起徹底……什麼都不是……無影無蹤地宣告終結。

再見！

請為她祈禱。

連續殺人

第一封信

山下智惠子小姐　座前

寄自港都巴士　友成富美子

謝謝妳的來信。

對於妳希望成為一名女車掌的心情，我非常了解。

農家的生活真的很沒趣。

不能仰望藍天白雲而唉聲嘆氣。更不能看著畫有紅、藍、白色線條，開往東京的火車而發呆。無論是汗水還是淚水，若沒有掉落到土裡，就像是農民的背叛者，會被雙親和兄弟怒目而視。從大地誕生，身穿滿是泥土的襤褸衣衫，直到變成又黑又老又醜的老太婆，最後也只能又回歸大地……

確實就是這樣，真令人同情。

儘管如此也不能去當一名女車掌喲。我不清楚其他工作到底如何，但是女車掌這工作真的不行。女車掌比起當農民更加倍無趣，而且是更加倍恐怖和討厭的工作。

說起女車掌的命運，比起散落在路上的碎紙片更不值錢。只要妳一當上女車掌，立刻就明白。

長話短說，農家女兒的夫婿，都是由父母親挑選村中純樸的青年來匹配。運氣好的話，還能跟自己喜歡的人結為夫妻。

假如當上女車掌的話，那樣的幸福從一開始就非得死心不可。無論是公司高級幹部、職員，還是負責巡查車子警員所說的話，不管怎麼討人厭，還是得乖乖聽從，否則立刻就會被開除。他們總有辦法雞蛋裡挑骨頭，把人趕出公司大門。像我這種沒有背景、宛如孤兒的女人，更是如此。因此聰明人盡量要覺悟到還沒加薪前，不能出風頭而只能默默工作。真是荒謬到讓人喘不過氣來啊。

然後，還不只是這樣而已。

如妳所知，我是一個無父母無兄弟姐妹的孤兒，無論當女服務生、總機，還是其他工作都能夠適應，可是我憧憬女司機那種勇猛形象，才會抱著學習的心態去當女車掌……希望有朝一日能夠如願當司機，存一些錢，但其實對於未來也沒有任何目標。因為我沒有可以孝順的父母，也沒有可愛的弟弟。真的很沒趣。每一天每一天都在毫無目標也毫無樂趣的空虛世間，任由強風吹、烈日曬，到處拼命奔波。每次被醉客嘲弄，被可惡的巡查警員摸手吃豆腐，被裝模作樣的司機挑毛病，心中不由得就覺得這真是一份空虛、悲哀、無趣的工作。若能卯足全速度，把一切撞得東零西碎就好，這份工作就是讓人盡會如此胡思亂想。

對不起。我是為了妳好才說真話，希望妳不要生氣。不只是這樣，還有更更恐怖的事。

在此請妳先把我寫在信中，有一封月川艷子寫給我的信讀一讀。我完全依照她的來信內容抄錄。

對我來說，這是一封很重要的信。這封信也許會成為恐怖殺人事件的祕密證據，所以不能直接把信寄給妳。只要妳讀完這封信，就會明白其中的理由。

月川艷子是我的小學同學。她和她的父親一起進入濱松的 BENKYO 巴士公司工作，和我一樣當女車掌。今年十九歲。長得雖說嬌小，卻很迷人。她和我不一樣，為人親切溫柔。從以前就是我的好朋友。字也寫得非常漂亮。

月川艷子的來信

富美子：

久未問候，一切都好嗎？

突然寫些奇怪的事，實在抱歉。因為我感覺自己最近可能會遭到殺害。

前陣子我工作的 BENKYO 巴士公司，進來一個姓新高的新司機。他的酷模樣和拿破崙很像，身材高大。駕駛技術相當好，風采佳，不怕吃苦工作勤奮，薪資不斷調漲。

他進公司後的第三個月，向我父親提出希望娶我為妻的請求。這約是兩週前發生的事。

在公司的工廠部門上班的父親，對此事並不太樂意，可是對方找來很照顧新高的常務董事當媒人，以致父親難以拒絕。當父親問我意下如何時，我立刻便答應了。因為我從一開始就不討厭新高。

對不起。沒和妳商量一下就答應婚事。

不過我得知這件事時感到很驚訝。為什麼新高會想要娶我這樣的女人為妻呢？

新高這個人好像天生就是一個沉默寡言的人。縱使走進休息室，也不曾像其他司機對女車掌油腔滑調或亂使眼神。並排坐在一起也不曾往我們這邊看，只是一股勁抽著菸。

當妳認為原來是這樣一個人啊?他冷不防抱起乘客的調皮小孩,磨蹭臉頰逗得小孩咯咯笑,有時候也會花個一圓左右買那種十錢只能買到三個的最貴橘子拎進來,默默遞給大家後就走出休息室。總之,他的個性真是令人無法捉摸。

當妳認為原來是這樣一個人啊?他坐在駕駛座,竟用力猛踩油門,以高速度往前衝,同時還以清澈開朗的聲音唱著:

「嘿——嘿。不要再痴迷喔,司機老大是——大壞蛋嘿——從床上逃走——之後喔——裝作什麼都不知道——」

聽得全車的乘客笑呵呵。雖然唱出這種靡靡之音,卻不曾聽說他去花街柳巷玩樂。大家都說他的口袋裡總是滿滿的錢。因此公司裡的長官對他非常信任。

我也深信他是一個有男子氣慨又堅定的人,一切事情都依照他所說去做。最近我們才剛舉行過正式婚禮。

然後啊，今天突然收到在東京青山巴士任職的好朋友松浦美彌子來信。信中寫了一件令我震驚不已的事。

「假如妳們公司來一個叫做新高龍夫的司機，請務必謹慎小心。新高龍夫這個人，在東京的司機當中被評為最有男子風度，也是最可怕的壞人。

說到新高這個人，聽說在青山巴士任職期間，勾搭過好幾個女車掌姘居，等到厭倦時就將對方殺害，並將屍體丟棄……但是他的手段十分高明，至今不曾被懷疑過，真是一個不可思議又怪異的可怕人物。這種傳聞，好像只在我們女車掌之間流傳而已。

不過，這陣子警視廳開始警覺，漸漸對新高周邊事物頻繁調查，所以新高悄悄離開青山巴士，不知跑到哪裡了。

聽說已經落腳不知哪個鄉下地方的巴士公司，萬一跑到妳們公司的話，絕對要非常謹慎當心。

也許有些多管閒事，因為很擔心所以告知妳一下。」

那是以鉛筆寫成，來信內容大致上如此。

我實在太驚嚇了。

不過，我也真是太過於死心眼，這封信沒拿給父親看，直接就交給新高。

我想因為我們都已經是夫妻關係，這樣做不是理所當然嗎？

新高鐵青著臉，讀完那封信。然後揉成一團丟進火爐，把信給燒了。

「混蛋……假如妳把這事告訴別人，給我試試看！」

他邊說邊舔舌頭，還凶神惡煞似地瞪著我，那時候的新高實在太可怕了。整張臉的骨頭好像快要迸出來般猙獰，真是太恐怖了。無論是戲劇還是日常生活，我不曾看過那般凶惡的臉。

那時候我打從心底顫抖，根本無法詢問美彌子信上所說的事是假是真？只

是看著新高的臉，眼淚不停掉下來，新高卻面露微笑，拍拍我的肩膀說道，

「哈哈哈。我不會殺害妳啦。哪有什麼像那封信上胡說八道的傢伙真去幹那種事呢？傻瓜。妳真是傻瓜……」

然後，他便溫柔地撫摸我的背。當時我絲毫感覺不出會被新高殺害。可是卻又覺得就算被新高殺死也心甘情願，所以默默不吭聲。

我不打算把這件事告訴父親或其他人，只想寫信說給富美子知道。

不可以忘記我喲。

也不可取笑我和新高建立的快樂家庭。妳要衷心祝福我喲。

再見。

艷子寫於濱松 BENKYO 巴士公司

這是艷子寄來的最後一封信。

智惠子，妳相信嗎？寫了這封信的豔子，不到一週就死了。而且已在博多舉行過葬禮。

豔子的父親就這樣抱著她的骨灰回去，據她父親的說法是這樣，豔子和新高一起在替代巴士的新型福特車出勤時，因為車上坐滿乘客，她就站在左側的階梯上。這時候，前方黑漆漆的車道迎面而來一輛卡車未將遠光燈減弱，新高因而緊握方向盤將車切向左方，由於切得太偏左，以致豔子整個人撞上電線桿，左肩膀和手臂以及肋骨都撞得粉碎。

車上的乘客都說當時發出很大的巨響。豔子的父親嘆道：「豔子自己運氣不好。我不該讓她去做這種工作。雖然新高司機好像看到卡車的車號，可是提出告訴恐怕也沒用，我沒有怨恨任何人。只是一個無足輕重的女孩子。從世間看來，不過像死了一隻小蟲子而已吧？何況還是為乘客而死，因此我更是無話可說。公司方面除了給那個月的薪資外，多給了十圓。平安無事的乘客也沒有任何人表示慰問之意，真是不值得啊！若是公司外的人發生意外，起碼得拿出個三百圓。給我這點錢，連辦喪禮都不夠。原本就是被輕視的工作，應該不會有很多年輕人願意從事這般危險的工作吧？」

真是可怕啊。我在艷子的靈前供上很多黃色玫瑰花。

然而在聽到這些話時，我已經對女車掌這工作深感厭惡。我很羨慕智惠子能夠在聽到雲雀啼叫的田裡幫忙父母親工作。

妳明白我所說這件事當中的含意嗎？

妳明白身為女車掌有多麼厭煩、寂寞、恐怖，而且是多麼無奈的命運嗎？

千萬不要再想當女車掌，好不好？再見。請保重身體。

第二封信

智惠子，不得了啊！

上一封信中提到的新高司機竟然來了。他到我任職的港都巴士公司工作了。而且他還向我求婚，這下子輪到我要被殺死了。

不過妳不必替我擔心。因為我很堅強，絕對不會輕易被殺害……

新高司機說東京青山巴士公司不如想像中好，所以請假跑來這裡。他根本就是在說謊。

但是那確實是殺害艷子的新高司機無誤。像似拿破崙的冷酷面貌，默不吭聲勤奮工作。他非常擅長以舊內胎和鐵絲改造成擋泥板。當我們認為原來是這樣一個人啊？他卻又拿著高級香蕉請我們吃，或把橡膠管子剪成魚啦馬啦送給乘客的孩子，實在是一個性情捉摸不定的人。大家都新高、新高地捧著他，不過我察覺到這就是他的伎倆，不由得又一陣顫抖。

我一想到他是艷子的仇敵，就毫無顧忌盯著他看。暗忖他肯定又要來殺害哪個人……

因為我以這種眼神盯著他，新高好像會錯意了。從博多駛往折尾的深夜十一點末班車的候車室裡，連一個乘客都沒有，正是他的一個好機會吧，新高手持一朵黃玫瑰花走進來遞給我。我為之一震。因為黃玫瑰是死去的艷子最喜愛的花。

我不知為何感到非常激動，說了一聲謝謝。

「富美，今晚要不要去我折尾的宿舍？」他冷不防問道，露出冷靜而認真的表情，眼神絲毫不像是在勾引女人，而是一種男子氣慨的英雄眼神。

我看到那眼神當下就下定決心，愉快而勇敢回答，「好啊，就去看看。」不過卻有種喘不過氣的感覺。

智惠子，千萬不要驚訝喔。因為我已經喜歡上新高了。這正是一場真實的賭命戀情。而且我也在想該如何同時替艷子報仇。假如能夠把新高扳倒，讓他痛苦道歉後而自殺，不知道多麼愉快啊？

妳看我寫出這些事情，是不是覺得我所說的話很矛盾呢？不過當時的心情毫無矛盾之處。我不曾有過當時那種抱持某個非常強烈希望的時刻。原本我對於未來不曾有過一絲希望的空虛，轉而充滿一股強大而生氣蓬勃的幸福感。

如同文字所敘述，我愉快而勇敢地前往新高的宿舍。然後全都依照新高所說的話去做。絲毫不感到可怕。新高也完全被我所騙，已經一頭栽下去了。

是的……我這樣做，也許很魯莽。但就算是魯莽也好，請妳拭目以待。我的冒險到底會成功呢？還是失敗呢？

如此一想，我的心就怦怦跳。現在的我，緊張到我的人生彷彿就要破裂。

無論任何人跟我說什麼，我仍然會向這個冒險持續前進。

再見

第三封信

智惠子：

女人果真是弱者啊！

我已經被新高完全地征服了。上一封信上所寫的冒險心，不知不覺中好像已經減弱了。

新高好像每一天都很期待和我在一起。盡對我說些兩人組一個家庭啦，還有未出生小嬰兒的事……這時候我總是默不吭聲，雖然不知道未來還能持續多久，卻可以預見和新高漫長的同居生活是毫無希望的一片灰色。然而昔日那般平凡富美子的心裡……如今變成了只想作為人妻的富美子心情。我不知道已有多少次想要燒掉自己一直珍藏的那一封艷子的來信。

我想殺死新高的念頭已經幾乎不存在。縱使被智惠子取笑也是無可奈何啊！

這到底怎麼一回事呢？我的一生就這樣平平凡凡度過嗎？當初和新高在一起時，那種氣丈萬千的希望到底跑到哪裡去了呢？

我不就是抱著那種企圖才和新高結婚嗎？如此一來，我好像成了爆胎的輪胎般失去依靠，不得不到處亂滾、沒方向地亂轉嗎？

我的眼睛總是一直看著垂掛在店頭的美麗毛織布料，實在沒辦法。暗忖這拿來做小嬰兒的衣裳可真不錯呀！

請妳儘管譏笑我吧！也許人生就是這麼一回事吧？

第四封信

終於發生不得了的事了。智惠子。我竟然和死去的艷子一樣，必須寫信把所有事情告訴妳。

這陣子我可能會被殺死。

因為新高好像在我的籃子裡發現艷子那封信。雖然新高對這件事絕對不露聲色。不過總覺得他對我已產生疏遠之心。然而比起以前，他對我的愛戀卻更強烈，這不是很奇怪嗎？最近，他忽然常說我們很幸福、很幸福，這不是很奇怪嗎？我不能不認為肯定有什麼原因。何況我們在一起都還不到一週呀！

不僅如此，昨天竟發生這種事。那是發生在晚間九點往折尾途中的事。

我們港都巴士使用一九三二年產的雪佛蘭開篷巴士作為替代巴士。這輛開往折尾的雪佛蘭照例又擠滿乘客，所以我就站在階梯上，在新高行駛中，我猛然察覺有些危險，過了筥崎的平交道後，立刻悄悄移動到後方放置備胎旁邊，站在放行李的階梯上。

晚間九點左右。開始飄起細雨，周圍黑漆漆。

然後巴士行至多多羅村中的狹窄處，新高可能以為對向車道有巴士過來，突然加快速度，用力將方向盤切向左，車子和路邊的電線桿高速擦過。萬一我還是站在先前的階梯上，無疑就會被甩出車外，立刻成為血肉模糊。

我全身顫抖不已。那時候我清楚意識到艷子的信已經被他發現了。由於過於明顯以致嚇到毛髮一根一根豎起來。

然後，新高又在快到松崎的寬廣下坡道，以宛如發射子彈般的速度往下衝時，假裝躲避對向腳踏車，緊急將方向盤往左切，車體的左側幾乎擦撞松樹，而我幾乎要被拋出車外。那時候，我明顯感受到新高打算殺害我。

然而我不僅毫無反應，還默不作聲，所以新高好像覺得很奇怪。

車子一到香椎的平交道前，他從駕駛座喊道，

「喂，富美。」

「來了。」我從後方盡可能以爽朗的聲音回答。

「……傻瓜……可以來前面嗎？幫我注意一下火車。十一點一分左右好像有列車通過。」他邊說邊減慢車速。

「好的。」我再次以爽朗的聲音回答，同時下車跑到平交道左右查看。

「沒有火車，可以過。」我舉起雙手示意。那個路段不僅非得突然從屋子後方通過平交道，晚間八點過後就沒有看守員，曾發生過兩三次因不清楚路況的卡車卡在平交道上，是非常危險的地方。新高很清楚火車的時間表，而且時時留意他那只引以為傲的瑞典錶時間，通常都沒問題，加上我在車內喊「可以過」，他接著就會踩緊油門一口氣開過去。這次他卻特別謹慎將速度降慢並叫我下車確認，讓我感到很不尋常。

在香椎有三名乘客下車，我全身濕答答，坐在新高的駕駛座旁邊。新高並沒多說什麼。只是低聲說了一聲：

「很冷吧？」

他又加快速度往前進，從香椎不到一小時就抵達折尾。然後我們把車子洗一洗，默默無言回到住處，小酌時也是沉默無語，只是靜默對看。雖然新高原本就是沉默寡言，不過這種時候連一句話都不說，特別有種說不出的怪異。

到了新高該睡覺的時間，也可能是酒精作祟吧！他突然說了很多笑話。那些笑話完全不像會出自新高這個不愛說話人的口中。下至乞丐、上至幕府大將軍都不放過，他以新劇或歌舞伎的聲調模仿各階層的性愛場面，真是唱作俱佳，十分有趣。想不到新高竟有那種才華。我不由得也融入他的嬉鬧中，捧腹大笑。

然而，翌日早晨一切宛如春夢了無痕。人的情緒真是不可思議啊！我請一天假在家裡，視線越過持續降下的暴風雨，望著對面住家屋頂上的薺菜，以及更遠那整排隨風搖曳的白楊樹，還有被風吹散的南下列車所排出的黑煙，不禁覺得這些都很像我的命運，想了又想還是想不完，只感到一陣心酸。

聽到打在鐵皮屋頂上「唏哩嘩啦」的雨聲，眼眶噙滿淚水，真是痛苦不堪，變得萬念俱灰。我這種悲慘、哀傷的心情，除了智惠子外，無人可以傾訴。雖然也想無論如何都得找出一個希望，卻是無計可施。

我，現在才剛把死去艷子所遺留下來的那封信燒掉。為了燒掉艷子那封可怕的信，今天才會請假一天。

所有的一切都是宿命啊！

除了把一切交給命運別無他法，因為神根本不存在這世上。

智惠子，請為命運悲慘的富美子哭泣吧！

第五封信

智惠子，謝謝妳。

聽說妳在我昏迷期間前來探望，送來好多漂亮的花，謝謝妳。現在花還在我的枕邊燦爛盛開。實在太感謝妳了。

這一週來，我完全不知道自己到底怎麼度過的。聽說發高燒，還會不斷說夢話。好像是頭骨裂開傷口惡化，以致發高燒。原本縫了七針的傷口拆線重新處理。

我不太記得自己是如何獲救的。這陣子自己一個人開始能起身能坐下，才一點一點想起來。

事情發生在我寫給妳的上一封信不久後。一如平常，新高和我又一起在雪佛蘭巴士工作，大約是從博多駛往折尾途中的十點半之前，就在過香椎平交道時發生事故。那一晚風很大，一個客人都沒有。立春後的二百二十日或二十一日[1]的夜晚。

快過平交道之前，從左側的松樹和農家之間，可以看到很長很長的北上列車行駛過來，我卻很鎮靜拉長聲音喊道：

「……沒火車，可以——過。」

為什麼說出那般可怕的謊言，我怎麼都無法明白當時自己的心態，可能是高速行走在漆黑風雨中的巴士裡，整個人變得消沉抑鬱，才會有不如和新高同歸於盡的想法。

聽說那班列車不知是從熊本還是鹿兒島發車的臨時加班車，整車載滿前往滿洲的團體客。因為博多發車、上行十點一分的末班車剛通過，新高一直都只留意十一點下行的那班列車，所以對於我說的話就信以為真。他毫不猶豫地加快速度通過平交道，沿著國道往右邊急轉彎。這時候巴士後頭的踏板勾到列車

1 二百二十日，為日本雜節之一，從立春日算起的第二百二十天，因閏年、平年而有出入，約落在九月十一日前後。

的安全裝置，整輛車向後翻又反彈，結果四輪朝天掉落護欄下方。

新高被厚玻璃碎片刺進側腹部，來不及急救就差不多沒氣了。火車後方那位姓加古川的車掌跑過來，從背後扶起他時，新高微微張開眼睛，氣都喘不過來地說道：

「完了。我被扳倒了……就是艷子的怨靈……可惡……是艷子、是艷子、是艷子啦。」

他只說了這些話就斷氣了。這位站在後方的加古川車掌特地來探望我，告訴我這些話。

聽到這件事，我忍不住莞爾一笑。身體中的血液頓時暖和起來，精神好到當下就能立刻出院。因為新高死前已經知道我是在為艷子報仇。

如此一想，我的淚水就流不停，不知該如何是好。不知情的加古川和護士對我深表同情。他們多方安慰我，我的淚水依然止不住。我是因為感謝上蒼喜極而泣，他們卻一直說不能悲傷，這樣對身體不好。當時我深切思索。女人這種動物啊，不能胡亂安慰，到底為何而哭泣，不是你所能知道的呀。

根據這位車掌和護士的說法，當時我趴在撞得亂七八糟的車體下，整張臉被雙手摀住，手腳縮成一團，大家都感到很萬幸。一定是在兩車撞上前，就已經做出這樣的動作。

昨天法院人員前來進行臨床訊問。有五、六個人類似警察和法院的人，面露嚴肅表情圍在我病床盤問事件的經過。我感到非常害怕。

我說我大聲喊「停車」，但是新高根本不在乎硬是闖過去，大家都點頭相信。因為誰都知道新高平日駕駛時的毛病。我還建議香椎平交道一定要裝上自動警示器。

有一個長鬍子的先生問我和新高是不是同居關係？我回答是的。我想自己應該臉不紅氣不喘。大家都相視而笑。然後有一個四十來歲好像刑警，皮膚黝黑骨瘦如柴的男人，睜大一雙深邃眼睛，炯炯有神問道：

「該不會是夫婦情死吧？」

話一說完，露出雪白牙齒一笑，我嚇一跳卻依然堅定地猛搖頭，不久他們就都回去了。

刑警的腦筋都特別靈光。我只要一想起那個刑警就感到害怕。

感恩上蒼。我是自暴自棄才會說「沒火車，可以過」，沒想到害死新高，我卻活下來。

等頭部的傷勢痊癒，我還要回港都巴士去當女車掌。而且這一輩子都不放棄。然後我要當女司機。日本第一的女司機……我認為這是上蒼的命令。

我這一輩子都不打算結婚了。因為我早已經歷女人一生當中的所有事情。除非新高死而復生，否則我不打算和其他男人在一起。

當時的報紙大篇幅刊登新高的事，標題竟是「恐怖色魔連續殺人」。上面說死去的新高司機，就是離開東京青山巴士後一直被搜尋的嫌疑犯，這是在他死後才真相大白。而且還說新高在東京也曾和卡車對撞，車上的女車掌當場死亡，他自己卻不可思議地保住一條命，因為新高對此事的說明無懈可擊而被無罪釋放。由於他有過如此前科，這次事故也許是新高故意讓載有同居關係女車掌的巴士被火車撞上，自己原本打算跳車逃生。智惠子應該也讀過這篇報導吧？

那些都不是事實，全是報社和警察捏造的事，因為大家都過於同情我了。社會上很多人好像也很同情我。真是好笑啊！

不過我並不在乎，世間就是如此這般，只有神的審判才是真理。

因此，我只對智惠子透露真相。

從今以後，無論發生什麼事都不可以當女車掌。

千萬不可以成為像我這樣的女人。

第六封信

智惠子：

這是我寫給妳的最後一封信。

我寄出這封信後，就會找個地方自殺。我希望屍體不要被發現，所以請不要來找我。

真是不好意思，我會把新高和我的照片、衣物、存摺、圖章，以及家庭用品等全部整理好後，寄到妳的住處存放。

麻煩妳分送給貧苦人家。

把錢捐給小學也可以，應該還夠買一台小風琴。

那個皮膚黝黑、骨瘦如柴的刑警所說的話果然是事實，現在我才終於明白。

我確實想要和新高「夫婦情死」，可能的話希望自己能夠活下來。

而且，一切都如我所期待般進行。

因此，事實上我是一個殺害自己丈夫的女人。然而新高卻認為自己是被艷子的怨靈作祟而害死的，他作夢也沒想到這一切都是我的所作所為。新高也許真心愛著我吧？

當我察覺這事，根本就坐立難安。

不僅如此，我的肚子已懷有新高的骨肉。這讓我每次想起新高時，心臟下方就開始起哆嗦。假如這孩子出生後，我又該如何呢？

因此，我要把自己和這個受到詛咒的孩子一起殺死。

我是一個殺夫又殺子的女人。

我只對妳一人坦誠以告然後就要踏上不歸路。請妳答應我。這是命運悲慘的富美子最後的請求。

千萬不要想去當女車掌。再見——

火星之女

縣立高女怪事

焦黑女屍事件

傳聞不斷 案情陷入膠著

報導今日解禁

今年三月二十六日凌晨二點左右，位於本市大通六丁目的縣立高等女學校運動場角落，一棟放置物品的廢棄屋發生火災，由於當時風勢極為強勁，狀況十分危急，幸好消防署署長以及全體同仁迅速滅火處理得當，雖然該棟廢棄屋完全燒毀，校舍並無遭受任何損害。火災如上所通報，大家才放下心。然而，隔沒多久的二十六日早晨，從火災殘留現場發現一具無法辨識男女的焦屍，因而又引發騷動。該具焦屍送到大學相關單位解剖結果，判斷應為二十歲左右的少女屍體，尤其從燃燒情形看來，腰部有放置燃料的痕跡。其結果，警方研判本案有可能涉及男女感情糾紛而致殺人縱火事件，並認為不是容易破案的案件，因此暫時禁止各媒體刊載上述事件相關報導，同時在極度緊張中展開嚴密調查，不過事隔一週，別說沒抓到犯人，連屍體的身分也還不明。由於傳聞層出不窮，並傳出案情已經陷入膠著狀態，儘管持續努力調查的司法單位威信已遭到質疑，其後當局似乎對案情有所發現，今天突然對本案的報導解禁。由此推測，當局應該已掌握相當重大的證據，相信不久就會向社會大眾公布上述事件的真相。

他殺縱火嫌疑濃厚

惟並非一般縱火犯所為

由於當局依然持續調查上述事件，目前還在祕密進行的狀態中，不過事件剛發生不久，依據本報探得消息，案發現場的縣立高等女學校廢棄屋，平常並無人進出，而且嚴禁燭火，因此縱火可能性相當高，何況和以燒毀校舍為目的的一般縱火犯完全不一樣，作案手法也不相同。且現場散落像似玻璃瓶的碎片，由於該處原本就是放置物品的小倉庫，是否為服毒用的瓶子，一時之間難以判斷。另外，因為焦屍無法採集血液，無法判明體內是否有抗毒素、一氧化碳等，所以死者是否為處女，或因過失燒死也難以研判，不過從現場情況以及屍體外觀看來，他殺的嫌疑依然無法動搖。如上所報導，大多數人都懷疑可能是男女感情糾紛，才釀成這個慘劇。還有該校自三月十九日以來已放春假，宿舍裡沒有任何學生，住在宿舍的校工夫婦與當天值夜的職員都已進行調查訊問，並無任何疑點。雖說如此，由於該校校園有高牆圍繞，性變態的流浪漢帶著校外少女來校可能性低，僅止於想像而已。且已被認定並沒有這種跡象。另外，上述報導解禁後，整個搜索方向已經完全改變，也許會從意想不到的方向爆出意想不到的真相。

燒毀廢棄倉庫
是以前的禮儀教室
校長引咎禁閉反省中

順便說明，燒毀的縣立高等女學校廢棄屋是一棟純日本式建築、二層樓四房，為該市內唯一的稻草屋頂建築物，位於該校運動場、弓箭場後方角落，有高聳防火牆圍繞。當初在設立該校之際，依校長森栖氏的建議，從打算拆除的民屋中保留下來，作為該校學生學習禮儀的場所，後來由畢業生所捐贈、位於該校正門內作為禮儀實習用的茶室竣工後，這裡自然就不使用了，直到火災前都是作為倉庫而留下來，樓上樓下除了運動用品外，老舊黑板、舊洋燈、空瓶子、舊籃子、舊藤椅等，亂糟糟堆積如山。推測可能是把屍體放在樓下後再縱火，而且火勢非常猛烈，以致腹部以下的肌肉纖維全都碳化成黑毛線狀黏在骨骼上，死狀可說極為淒慘。該校校長森栖禮造氏為虔誠基督教信徒，把一生都奉獻給教育工作，始終過著單身生活，該校創立以來，即擔負校長重責至今三十年，未曾有任何過失，受頒發的表揚狀、銓敘審核書、勳章等不勝枚舉，是全縣有名的模範校長，擁有良好名聲的人物。案發當日雖然他人在市內三番町住處，不過一聽到緊急通報立刻趕到現場，先取出天皇玉照，指揮教職員保護重要文件，傾盡全力救災的沉著勇敢態度搏得眾人的讚賞，不過事後卻禁閉在三番町住家不與任何人會面，悶悶不樂且明顯憔悴，熟知校長平日嚴謹處事的人，對他這種態度都給予同情。事件後的三月二十八日，該校資深女教員虎間寅子女士，為商討校務前往拜訪校長，她透露校長表達以下心聲：

「由於目前案情正在調查中，不便發表任何意見，自己認為不該發生那麼奇怪的事件。雖然廢棄屋在校園內，午後六時過後除了值夜員和校工老夫婦外嚴禁任何人出入校門。這是我特別提醒之處，到底是什麼人侵入又做出那樣的事情呢？實在想不出來會有誰對自己或學校挾怨報復。當然也認為未必是和學校相關的人所為，只能說對這件意想不到的怪異事件感到非常遺憾。我認為所有事情經當局調查後一定能夠水落石出，總之這種怪異事件既然發生在校內，不能不去思考關於校內管理是否有疏忽之處。云云。」

森栖校長失蹤

消失的遺書

以及不可思議的女人筆跡信函

自從三月二十六日縣立高等女學校發生女焦屍事件以來，為表達反省之意一直禁閉在三番町住家的名校長．森栖禮造氏，於新生開學典禮的前一天，也就是前天傍晚突然失蹤，該校女教員虎間寅子為商討校務前往校長住處時發現。如上所報導，森栖校長自女焦屍事件以來就非常懊惱而自我禁閉在三番町住家，鬍鬚未理，形容憔悴，事發後一週的三十一日晚間，收到不知自何處寄出的一封女人筆跡之信函後，精神就開始變得有些異狀，校長來到房東太太渡部壽美子住處，默默無言留著眼淚不停磕頭。跑到二樓對著馬路撒尿同時哈哈大笑等怪異行為，甚至情緒焦躁不安，半夜大聲怒吼道：「那個傢伙，那個傢伙，焦屍就是那個傢伙。火星來的，火星來的。惡魔啦，惡魔啦。」不斷說這些話，停都停不下來，讓房東太太壽美子感到非常驚訝。翌日四月一日校長可能過度疲倦終日臥床，也未進食。夜間十時左右，虎間寅子教員來訪之際，原以為仍然躺臥在床，房東太太壽美子前往呼叫，才發現已是人去樓空，枕頭旁放置一封已拆開的女性筆跡長信和寫給虎間女士的遺書。此事立刻引發大騷動，縣府當局、警察當局、該校教職員等全體總動員開始搜尋校長的行蹤，截至今天早晨仍不知道校長下落，不過預定設置在該校玄關前，聽說由東都雕塑家朝倉星雲氏親手製作中的校長青銅胸像，竟然滿是塵埃和銅綠以白布包綑從該住處森栖氏專用的壁櫥中滾出來，讓眾人大為吃驚。順帶說明，放置在枕頭邊的兩封信，在一片混雜中不知被何人拿走，房東太太壽美子和虎間女教員都不知道信函下落。由於兩人都不明信函內容，上述銅像和森栖氏失蹤有關的奇怪事件，已引發相關人士的注意。不僅如此，從前述森栖氏說出的話推測，難以理解的那兩封信可能成為女焦屍事件的重要祕密參考文件，奇怪人物卻在眾目睽睽下拿走信函，不能不令人懷疑或許那正是女焦屍事件的嫌疑犯，看來與事件相關者事證已逐漸顯現出來。所有事情只能等找到森栖校長才能真相大白，因此眾人正全力搜尋他的行蹤。另外依據認識校長的車站站員所說，看到一個很像校長的人鬍鬚雜亂、沒戴帽子，購買前往大阪的車票搭上是日最後一班車。因此當局也往這方面來搜查。

縣立高女陷入混亂
森栖校長發瘋！
虎間女教員自縊死！
川村書記捲款潛逃！
焦黑女屍事件餘波？

【大阪電話】昨日報導縣立高等女學校森栖禮造校長失蹤後可能前往大阪一事，果然如本報所報導，校長昨（三）日清晨，蓬頭垢面、衣衫髒汙地出現在大阪北區中之島附近道路上，逢人就問些諸如「知道火星之女嗎？」、「女焦屍在這裡嗎？」、「甘川歌枝在哪裡呢？」、「全部都在騙人。」、「毫無根據的中傷，是中傷。」之類無頭無尾的話，目前已經由中之島警察署予以保護，並照會本市警察。儘管開學之際校務極為繁忙，教務主任小早川老師已搭乘十一時班車匆匆趕赴大阪。然而小早川主任出發後，在副主任山口老師指揮下繼續準備開學事宜的忙碌時刻，校工前往清掃教職員廁所時，發現該校資深女教員虎間寅子（四十二歲）自縊於廁所內。眾人正不知所措當中，同樣為開學準備而出勤的該校書記，與森栖校長共事三十年、該校有名人物駝背者川村英明（五十一歲），也在不知何時消失蹤影，前往該校的警官覺得事有蹊蹺，為謹慎起見，調查後意外發現該校金庫裡所保管的森栖校長銅像建置款五千多圓，以及校友會款八百二十圓的存摺不翼而飛，前往存款的勸業銀行詢問，才知道大約在中午，川村書記曾到銀行把存摺內存款幾乎提光後倉皇離去。另外，已知居住在市郊十軒屋的其妻阿春（四十七歲）也拋棄家當，一身出遠門裝扮，相繼行蹤不明。由於事件接二連三爆發，騷動如雪球般愈滾愈大，該校全體教職員開始被逐一訊問、調查，該校何時才能夠開始上課已呈現相當困難的狀態。順帶說明，自縊死亡的虎間女教員和在逃的川村書記，平常對森栖校長有如神般崇拜，這也是兩人最在意校長行蹤的原因，在發現校長行蹤之際，理應最高興最安心，反而一聽到校長的下落，卻做出相互矛盾的行動，實在過分詭異，令人合理懷疑當中是否隱藏何等重大的祕密。還有發瘋的森栖校長在大阪口中叨念的甘川歌枝這個女性，為該校今年度的畢業生，是運動競技的好手，先前就有「火星」的綽號。畢業不久就決定在大阪某一家報社就職，森栖校長發瘋後，前往大阪好像就是要尋找該女的行蹤，因此女焦屍和甘川歌枝有何等密切關聯也難以想像，目前當局正在審慎調查中。

森栖校長的帽子在十字架上

不明物主的花簪同時在

市內天主教堂被發現

帽緣留有可疑齒痕

縣立高等女學校如前所報導，自三月二十六日發生怪火以來，連續發生焦黑女屍、校長失蹤又發瘋、虎間女教員自縊身亡、川村書記捲巨款潛逃等一連串詭異事件，在怪火事件尚未查明時，該校和縣府及警察當局陷入一片未曾有的混亂，最近又衍生一件出乎意料的怪事，發生在森栖校長常去做禮拜的天主教堂裡，致使相關人士陷入更混亂的謎霧中。今（五）日上午十時左右，市內海岸通二丁目四十一番地的天主教堂，由於是週日一如往常等候教徒聚集以進行祈禱會，打開禮拜堂大門後，正面祭壇中央設有銀色十字架的上方，竟然掛著一頂不曾看過的黑色圓頂禮帽和閃閃發亮的紅色雪柳樣式的銀質垂墜花簪，眾人大為驚訝取下來一查看，從圓頂禮帽內側的署名得知，物主是該教堂的虔誠信徒森栖校長。不過，目前尚無法判明花簪的物主是誰，因此就隨著禮帽一起經由附近派出所送交警察署。警方對此相關事件正處於緊張時刻，很難置之不理，立刻趕到教堂，禁止聚集者進出，加以嚴密調查後，並未發現該教會以及教堂內部有任何可疑之處，當天最早（九時左右）來到教堂的某女教徒，並不承認自己是最早靠近祭壇大門的人，警方只得空手而返。不過把那頂禮帽帶回警察署仔細檢查後，發現前方帽緣有極為明顯的門牙和犬齒的咬痕。經專家確認，應該是極為強健少年的咬痕，這又引發一波新的騷動。也就是說，如果推斷侵入教會的這名怪少年，與縣立高等女學校怪火事件以及後續一連串怪事有所關聯，那麼自虎間女教員自縊身亡、川村駝背書記潛逃事件以來，那些懷疑他們兩人是上述各事件幕後黑手的人，此刻這種推斷已頓然失去依據，真相變得完全無從研判，偵辦相關當事者再次全體陷入五里霧中的狀態。

意外！焦黑女屍犯人是縣督學官的千金？

與其母同時消失

其父督學官有引咎決心

昨日，市內海岸通天主教堂內發生帽子花簪事件以來，警察當局好像已獲得女焦屍事件的有力線索，原來警方對最早進入該教堂的某女，也就是殿宮愛子（十九歲）這個少女，在教堂內的另一個房間進行了嚴厲的調查，為持續調查的緣故，下午三時許，准許她短暫先回家，不料她躲過嚴密的監視，大膽和臥病在床的母親，留下一封如同遺書的信函，收信人為其父殿宮四郎氏，不知道跑到何處就消失不見了。發生如此重大的疏失，警察當局不知為何三緘其口，不肯透露半點風聲，而且不見有任何搜索行動，只能說真是咄咄怪事，如眾所知，該女的父親殿宮四郎氏為本縣督學官，也是可稱為當今中央政界大老的大勳位公爵・殿宮忠純老元帥的嫡孫，儘管遭遇這般意外的悲劇而悲傷不已，鑑於遺書內容的重要性和為了自家名譽，已有引咎辭職的決心，他對來採訪記者如此說道：

「我感到非常歉疚。不過說小女會犯下殺人放火這種彌天大罪，我無論如何都不敢相信。火星之女甘川歌枝和小女愛子，在縣立高女在校時是莫逆之交，我也是現在才知道。兩人之間是否有愛恨情痴等不可告人的事情，我完全沒有一點頭緒，只感到震驚而已。一方面要顧慮當局的提醒，另一方面也為小女將來的幸福著想，盡可能希望不要對社會發表到目前所發生的事情，拜託諸位聽聽就好……現在我也不知道她帶著母親離家出走的原因，我至今和妻子之間沒有任何祕密也沒有任何風波地一起生活，突然想都想不到就棄我而去，讓我實在不知如何是好。不管是妻子登米子還是小女愛子都有相當的存款，這陣子的生活應該不成問題。她們到底會跑到哪裡去？我心裡完全沒有個底。這當然是我正思考引咎辭職的地方，不過在還沒有正式發表前，拜託諸位不要對外發表這件事和這次的談話。云云」

另外，其千金愛子的遺書內容如下。

父親大人：感謝您多年來的照顧。母親和愛子為不希望再給父親大人增添任何麻煩，同時也不願讓母親悲傷而加重病情，今天要向您告別。對於多年的養育之恩，謹向您表達衷心感謝。

母校所發生的事件，全都是我未善盡責任所致。燒死的人就是甘川歌枝，我可以保證她確實是自殺無誤。假如我能夠早些察覺甘川歌枝決心自殺一事，這一連串的事件就連一件也不會發生，我感到非常遺憾。另外，今天把森栖校長的帽子和不知哪個舞妓的花簪掛在十字架上的人，確實就是我做的事，其理由我已經向警官招供了。警官詢問很多和父親相關的意想不到之事，因為什麼都不知道，所以我就不回答了。警官是因為已自殺的甘川歌枝的投書，而清楚父親大人不為人知的生活面，為讓您作參考所以才會提起。

不過，我絕對不會去自殺。我只是想找個地方安靜照顧母親的病直到痊癒，所以才會離家出走，請您千萬不要來尋找我們的行蹤……還有我為什麼會做出如此怪異行為的理由，當然也請您千萬不要追究，再三懇求父親大人。因為我認為這樣做對父親大人還是對我都會比較幸福……

請父親大人保重身體……

愛子叩上

順帶說明，殿宮愛子於縣立女學校在學期間，學業成績相當優秀，為才貌兼備的才女。

森栖校長先生

寄自火星之女

我高興到不知該如何才好。因為終於能夠向校長展開復仇……

假如我真的是火星之女的話，也許會開心到飛上天了。

我的屍體被發現時，恐怕已燒成焦黑到任誰都認不出來了吧？而且報紙也正在大肆報導吧？

我已經拜託我的朋友。

「從我寫這封信的二十四日下午算起，正確無誤地在一週後的三十一日傍晚，以限時專送郵寄到校長的住處。」

……那麼，如果校長看到我焦黑的屍體……而且又讀了這封信卻仍然不知反省，裝出一副事不關己，毫不在意地敷衍搪塞的話，為謹慎起見請朋友把另一封信寄到警察署。假如這樣還是不把事件的真相公諸於世，跟校長一起做出那些無恥不要臉勾當的狐群狗黨，若發現他們和校長同樣想把事件埋藏在黑暗中，並箝制彼此的關係和新聞報導，千萬不能讓大眾漏掉這件事和同一封備用信函，拜託轉送到其他方面，多延遲些時日再發表出去。和我這具焦黑屍體脫不了干係的校長，無論如何要有明顯步驟讓他負起責任。我的那位朋友是一個腦筋聰明，又有毅力的人，絕對不會讓一切發展到必須動到最後一封信，不會有那種疏忽的事出現吧。

我並不希望我的一生，就如此浪費地成為一具焦屍。

我想要送上「火星女焦屍」這帖良藥，給校長以及和您一樣腐敗、墮落，專做些自私、利己主義的男性們。因為現在流行焦黑，這帖良藥未必沒效吧？

——火星之女的焦屍——

多麼珍貴的良藥啊！說不定比起埃及的木乃伊還要貴呢？

服用後的感覺如何呢？

想必是清新爽快，通體舒暢吧？

哈哈哈哈哈哈哈哈哈哈哈……

這是我……已成為焦屍的火星之女的復仇，您們最好不要去追究到底是我的哪位好朋友協助我復仇比較好。萬一知道的話，也只能驚嚇一番而已，無法出手反擊，那不是一件很懊惱的事嗎？

這一位並不像我因為偶發的事情而痛恨校長。我的好朋友雖然侍奉因肺病臥床的親生母親和被校長誘惑去過放蕩生活的繼父，為不讓家醜外揚，甚至不雇女傭，默默地心甘情願處理家務，是世上罕見的孝女。而且，這一位一直很積極地在尋找把母親陷入那種命運的惡魔。所以當她從我這裡聽到惡魔的姓名，立刻就想替母親報仇……只因為想諫諍繼父的冶遊，所以無條件就接受我的委託。

換句話說，因為她的母親太善良，她無法毅然決然對校長採取手段。因此我願意代替她成為焦屍……就是這樣的理由。您明白了吧？我所謂焦屍的意思……

……不。我對校長的怨恨，縱使我們兩人都成為焦屍……恨意也還不能消除……

您明白了吧？協助我報仇的人，到底是哪一位……

有強烈自戀性格的校長，也許還堅信自己的智慧可以解決一切事情。也許您還沒察覺到這一位對校長的恨意有多深，當您讀這封信，漸漸就會了解。

再次重申。校長除了默默接受焦屍少女的復仇外別無選擇。請您將此視為這就是無形的正義制裁，希望您要覺悟到除了依照焦屍少女的要求，公布自己的罪狀，悄悄消失在社會以外別無選擇。

話說寫這一封信的我……焦屍少女的真正身分是誰，您應該已察覺到了吧？您一定想著那個懦弱、愛哭的火星之女，怎會做出這麼恐怖又離譜的事，同時感到全身顫抖吧？

校長……

您是我的恩師、男性長輩。自從師母和您的孩子早早過世以後，就成為虔誠的基督教信徒，並宣稱要將自己的一生奉獻給教育工作，是一位優秀人才。也是世間認定的教育家楷模，曾屢次接受表揚的卓越人物。

也許有人認為縱使受到如此傑出人物的壓迫，就企圖要復仇，這樣並不是正確的做法。

可是森栖校長……

正如老師所取的綽號，我是火星之女。我和普通女人不一樣。因此對於人世間男性的蠻橫……只容許男性可以做的敗德，我毅然決然反抗給大家看，決心要讓世人震驚。這是為女性而發動的五・一五事件[1]，我想傳達的就是這個世界不光只是男性的世界。

尤其是像校長這種男性敗德的代表者，竟然以教育家楷模的身分，教導近千名年輕女性，這種事對於出生在日本的我實在非常難以忍受。

我有怎樣的成長背景？抱著怎樣的想法？校長您知道嗎……？難道我只是被校長稍微觸摸，不久就不得不成為焦屍來詛咒校長的人嗎？縱使聽到我悲慘的命運，校長果真會從心中感到驚訝嗎？您們這些人……對於只站在男性立場的道德觀念，和光只會發展這方面常識的日本男性，火星之女的使命，您們能夠了解嗎……？

1 五・一五事件，發生於一九三二年五月十五日，武裝少壯派海軍將校，衝入總理官邸殺害犬養毅總理的叛亂事件。

然而我還是有必要說明。否則我所做的事被當成只是在宣洩沒價值的情感，或只是一場臨時起意的兒戲因而被輕視，那是絕對不容許……我必須以這封信來證明，我是以多麼認真的心情對待自己的焦屍詛咒……我的怨恨是對多麼殘酷、多麼殘虐無道的校長行為舉止的反抗。

為了火星之女的名譽……

同時也是為了火星之女的誓言……

我從小時候就被稱為竹竿。繼母生有兩個妹妹，兩人的身高和一般女孩相同，為何我的身高天生就長得那麼不可思議。聽父親說我出生當時不到二千三百公克，比起一般嬰兒還要小很多，好像早產兒般虛弱，可是到了五、六歲開始快速抽長。剛進小學時，留著卓別林鬍子的老師看到我，不假思考就譏笑我說：

「哇——好高啊——」

雖然我還是一個小孩子，但那是我第一次感受到自身所受到的恥辱。從此以後，我持續遭受到各種像這樣的恥辱。

小學校長第一次看到我的時候，也同樣……儘管如此還露出憐憫般的笑容。而且他立刻記得我的姓名。不久，來學校視察的督學官好像也是馬上記住我的姓名，我不認為其中理由是因為我的成績除了作文、習字、畫圖和體操外，都是同年級中最後一名。

我的姓名很快就在全校學生之間傳開了。

竹竿甘川歌枝喔……

可得架起梯子才能綁頭髮喲。

高年級男生從遠遠地方如此取笑我。我是一個懦弱兒，剛開始哭著不肯去學校，漸漸就習慣了，不管遭受到怎樣難聽的酸言酸語也只是落寞地置之一笑。

我最受歡迎的時候就是運動會。

那是我二年級以後的事，那時候連六年級當中跑最快的男生都跑輸我，報紙上連同大標題「後生可畏也」刊出我的照片，那是我在夏日豔陽下的一張臉部扭曲的照面，看起來實在太奇怪，連雙親都哈哈大笑，讓我對著鏡子偷偷哭了兩三天，縱使我把那時候的慘狀講出來，大概沒有任何人會同情我吧？反而又會被捧腹大笑一番而已。

當我還不解世事時，就完全明白天生醜陋、瘦高的自己就是生下來給大家取笑的對象。

我認為自己從小學六年級開始沉迷於閱讀新體詩和小說，不就是因為累積太多太多悲傷和寂寞的關係嗎？總之，我是託大家的福，才成為一個比一般人更早熟的落寞、孤獨的文學少女。

進入縣立女學校後，並未受到那種露骨的侮辱，然而在那裡有更加嚴重的恥辱和憎惡在等候我。

同年級當中和我正好相反，除了長得最漂亮、最有能力的這一個人之外，不管是老師還是其他同學，沒有人對我講過一句親切的話。大家都覺得我長得奇怪而離我遠遠地，我感受到他們看到我就會露出怪異、冰冷的笑容。那些自認擁有美貌，而且在學校力拼好成績的人，總認為我好像一個劣等的殘缺者，和我說話簡直就是一種屈辱，不過只要網球、排球、賽跑之類的活動一來，老師和同學，還有高年級的學生全都會到我身邊百般奉承。對待我如神明般敬重，送來很多生雞蛋和水果之類博取我歡心，也不管我是否答應就拉我出場參加比賽。他們絲毫沒有察覺到……我對自己竹竿似的醜陋身姿感到很羞恥……只會反覆說妳是全校的光榮。

然而競賽結束後的翌日，就沒有一個人會再理我。宛如全然忘記還有我這麼一個學生的存在，大家對我如以往般避而遠之。

當我和其他學校的選手比賽，快速壓制對方或拉開比數時，甚至從激烈鼓掌而狂喜的老師和同學的聲音當中，都能感覺到一股不堪忍受的侮辱。有一次我在廁所，聽到低年級學生如此的對話。

「好厲害啊！那顆火星。」

「咦……妳在說誰？誰是火星啊……」

「啊喲……你怎麼不知道呢？就是甘川歌枝。那是從火星來的女人。所以世界沒有一個選手可以贏過她，這是校長說的。因此，大家都稱她火星、火星喔。」

「校長實在很過分……不過這綽號取得很巧妙啊。把甘川那怪異的感覺完全表達出來。」

儘管如此，懦弱的我依然時而被欺騙時而被奉承，一年內總是被推出去參加好幾個比賽。即使我內心感到寒心又空虛……

學校運動場前的遠處，以高高防火牆圍起來的角落裡，有一棟用來當倉庫的廢棄屋。聽說原本是學習禮儀的教室，現在牆壁和屋瓦都已剝落，野草叢生，屋柱和階梯被白蟻蛀蝕了，榻榻米也像陷阱般一踩就凹陷下去。

我在休息時間，經常躲在廁所後方弓箭練習場以板子圍起來的後方，爬上那棟廢棄屋的二樓。躺在一張破爛的籐製安樂椅上，越過只剩上半部的擋雨窗，凝視防火牆上那片蔚藍的天空，這是我的一大樂趣。我習慣把橫亙在內心深處巨大又冷漠的虛無感，和存在藍天遠方無盡無涯的空虛相比較而思索各種事。最初的心情是因為不想讓自己宛如殘缺般的高瘦身影暴露在運動場上，後來就變成無法對任何人說的祕密樂趣。

我漸漸強烈感受到我內心的空虛，和遠方藍天的空虛根本就是同一物。然後我也領悟到死亡這件事實沒什麼大不了。

流動在宇宙的巨大虛無……除了時間和空間並沒有任何生命在流動，我變成抱著如此深切感受的女人。我清楚地覺悟到自己出生的故鄉，肯定就在天空遠處無聲無臭的虛無世界。

很多人，在時間和空間的巨大虛無當中飛翔、跳躍、哭泣、歡笑。同窗少女們傳閱各自喜歡的雜誌、書籍、活動宣傳單，憧憬漂亮的化妝方法、編織物，還有各式各樣的浪漫夢想等。好像螞蟻般聚集在甜蜜蜜的食物，也像蝴蝶到處尋找花朵般幸福……看起來很快樂的樣子……

那些事情，在我看來完全無意義。我內心流動的虛無和宇宙流動的虛無，漸漸、漸漸融合在一起。於是，在放學後直到日落，我躺在那張破爛的藤椅上讓身體得到解放，讓不由自主流下的眼淚安慰我自己，成為比任何事物都快樂的事。

然而我這個祕密的樂趣，不久就被很嚴重的事情所阻擾了。

若說那棟聳立在海岸通的紅磚天主教堂正是校長展現美德的屋子，那麼這棟半腐朽到即將倒塌，充斥各種破銅爛鐵，到處都是白蟻和灰塵的廢棄屋，從很久以來就是校長做盡各種敗德之事的巢窟。校長維持著模範教育家的體面，背地裡卻為使盡各種想像不到的壞主意，來謀取各種金錢和女人，那棟廢棄屋因而成為不容欠缺之處……因此，校長無論如何也不肯把那棟廢棄屋拆除。警方不斷勸說：「稻草屋頂很容易發生火災。」校長卻一直以沒有經費蓋倉庫而回絕，長期以來讓當局感到相當困擾。

我作夢也沒想到自己竟愚蠢到每天跑來這個罪孽深重的敗德巢窟……從那把搖晃的藤椅下，不久就傳來惡魔展翅的聲音。而且那個惡魔展翅，多麼殘酷地把我推落到想逃都逃不了的地獄裡……縱使已成焦屍，還要把我逼進想清算都清算不完的折磨中……

那展翅而來的惡魔，就是有如一隻全身毛絨絨黑熊的校長，一個駝背有如頂著無眼無口白色頭顱的川村書記……還有一個就是總跟隨在後的虎間寅子老師……那個有如約克夏豬般又醜又胖的母豬……我們的英文老師……這三人就是在神不知鬼不覺當中霸占那棟廢棄屋的惡魔。

校長和駝背老人川村書記作夢也想不到，我把廢棄屋二樓當成我重要的冥想道場，他們總是在接近學期末放學後，從員工廁所旁美人蕉樹蔭，哥倆好一起沿著禁止通行的弓箭練習場的木板圍牆，悄悄地走進來。然後坐在我經常躺的那把藤椅正下方，也就是堆滿破爛物品的八疊榻榻米當中，商量各種事情。假如校長常留在校內和書記密談，加班或值班的老師也許會感到奇怪，若是在校外，又怕引來世人的閒言閒語，對於熟知教育家的微妙立場的校長而言，再沒有比那棟廢棄屋更為便利的密談場所了。

一樓和二樓不一樣，因為還有破玻璃窗和擋雨窗雙重關閉，縱使講話稍稍大聲也不怕被外面聽到。然而另一方面，儘管他們低聲說話，在二樓的我只要屏氣聆聽，依然可以聽得清楚。他們談話內容大抵是校友會會款相關事宜，兩人熱切討論著如何作假帳。

我聽到學校那架大鋼琴帳面上寫著三千五百圓，事實上只是五百圓的中古貨。我也知道畢業生捐贈那棟建造在大門旁的禮儀教室和擺設，帳面上是一萬二千圓，其實只要七千幾百圓就夠了。我還聽到校長挪用校友會款，以川村的弟弟當人頭炒作現貨交易，大賺一筆後分給駝背的川村書記。

後來為解決現貨交易紓困的問題，校長把早就準備好的世間絕妙賺錢方法告訴川村，我也聽得一清二楚。

校長當然是被川村逼得不得不吐實，因為校長早先就透過對他的人格尊崇備至的虔誠基督教信徒，也就是教了我們五年英語的虎間寅子老師，提議建造校長的銅像。經全體教職員贊同後，開始向散在全國各地的校友和在校生家長募款，並得到很大的迴響，川村書記的手邊已收到五千多圓的捐款。

因此熱衷此事的人，當然想趁此一鼓作氣希望替校長建造一座立像，不知道為何校長好似很嫌惡立像，他氣呼呼又頑固表示：「我只要有個胸像就足夠了。原本我就不是一個應該被立銅像的人物。什麼立像根本太荒謬了。」這讓夾在中間的川村書記，實在感到非常困擾。

然而我一聽到校長嫌惡立像的真正理由，又感到世間竟有如此愚蠢的內幕。

原來校長的胸像早在兩三年前就已完成，放在校長住處的壁櫥內，雖以白布包裹卻已遭蒙塵、長銅綠。胸像的背後下方清楚刻有目前擔任帝室技藝員，同時也是帝展評審員、日本最有名的雕刻家．朝倉星雲氏的姓名。

腦筋靈活的川村書記，當然想盡辦法要找出問題點到底在哪裡。不知何時悄悄跑到東京會見朝倉星雲大師，詢問那座胸像的來龍去脈，完全不知情的星雲大師坦率答道：

「啊。那件作品嗎？那算是我對森栖老師一個報恩而製作的作品。上次……大約是三年前吧？森栖老師從某溫泉寄來一封信，內容說是有工作要委託，是否可以前去相見？所以我就趕緊過去看看，原來是委託我製作一座他自己的胸像。森栖老師是我母親那邊的舅舅，他是資助我學費直到中學畢業的大恩人，所以我怎會說不呢？趕緊就在溫泉附近的燒瓦場找到理想的土，大約一週左右就泥塑出胸像，然後把幾家藥店內現有的石膏全收購，以石膏翻製出模具帶回東京，我親自監製完成銅鑄胸像，哪裡都不曾展出過，直接就送到森栖老師手上……是這樣嗎？那尊胸像還沒立起來啊？喔……是這樣嗎？沒有沒有，很抱歉不曾想過要收取酬勞之類的事。像森栖老師這樣德高望重的人，我能有機會為他塑像並且留在故鄉，實在是求之不得也感到非常光榮。假如要安置在校園時，不管是地基工程，還是台座定位，若有需要效勞的話，請不必客氣儘管吩咐。絕對不會給您們添麻煩，我會自費前往，有關柵欄、植栽的美化，我會盡可能以最經濟的方法來協助。假如隨意委託工人的話，恐怕在銅像的移動過程會不得要領以致損壞……」

這是駝背的川村模仿星雲老師的口吻，我也模仿他所說的一段話，聽了這段話的川村書記，對於校長的高明手腕，不由得更為佩服了。然而出乎意料收到過多的捐款，使得銅鑄胸像得改為立像，他決心幫助完全不知該如何是好的校長。

……現在要找個像樣的師傅來鑄造銅像的話，胸像一座也得花費五千圓至一萬圓。立像的話，預估要兩三萬圓左右。連設置胸像的捐款也還不夠啊……

川村書記悄悄地到處做出如此的說明，總算打消鑄造立像的提議，打算以已經完成的胸像，將募得的五千好幾百圓由兩人均分，校長這才放心。最後川村在廢棄屋裡如此說道：

「三月二十二日，將舉辦今年度畢業生的感恩會。到時候讓優等生代表把捐款獻給校長。然後你就說這些款項由你暫為保管，有關設置銅像的一切事宜全部委託川村書記辦理。之後我就上台說那位有名的雕塑家朝倉星雲先生剛好是我們的同鄉，因此決定拜託他，他也欣然接受委託。我有十足把握在不久後就會向大家報告即將完成或相關進度，而讓大家熱烈鼓掌。做法各有不同，請看最後的成果吧！」

不過，我在廢棄屋中所聽到的事，不盡然都是這般融洽。有時也會聽到兩人火爆爭吵，而且還不是兩三次而已。因此如前所述，我漸漸知道學校的各種祕密。結果總是校長先低頭，兩人又和好如初。

「好啦、好啦。總之，帳目就由你一個人負責就對了。我不再多說了……不是、不是。我知道、我知道。我都知道啦……等一下還是哥倆好一起到那個有趣的地方吧？那間溫泉旅館的三樓，絕對不會被發現，如何？」

「不，今天太晚了，就到近一點的地方吧。」

「幹嘛這樣啦，搭計程車飛奔過去不就好了嗎？太近的地方會碰到熟人，那可不行。溫泉旅館的三樓才好。你可以帶那個女人來。那才是可以盡情享樂的好地方。連縣長和縣督學官也經常悄悄跑來喲。這是我們的新發現。」

「哦~有那麼奢侈的地方嗎？」

「不但奢侈而且完全是南洋風的豪華版享受。我請客就是，一定要把那個女人帶來。」

「嘿嘿嘿。那實在太不好意思了。」

「不。她很有趣。挺特別的女人。今晚我也要帶個更年輕的女人一起去。」

這些對話不知道什麼緣故，很不可思議地一直留在我耳裡。

從諸如此類的對話綜合考量，校長就是利用自己的名譽和地位，把學校當成謀財的工具。然後拿那些錢，找個祕密場所，呼朋喚友一起享樂揮霍。

不過我絲毫不感到驚訝。

雖然我是一個愛流淚的脆弱女子，聽到那些可怕、膚淺的對話卻覺得有趣得很。我終於按捺不住好奇心的驅使，聽過那些對話後，曾兩三次從學校下課後搭著前往溫泉的火車，跑去溫泉旅館一探究竟。好好看清楚到底怎樣的人會來這裡，做些怎樣的事，何況看看也聽聽那些事，也是很重要的見識。總之，當我明白世間是何種程度又何種樣貌的膚淺後，我的心中一直擴張的虛無感漸漸有如一面明鏡般清澈起來。

我對世間的態度變得無比堅強。不管如何被嘲笑還是被輕視，我總是心平氣和地微笑以對。世間的人……甚至是地球所有的人，看來不過就是依附在巨大虛無感當中的一群小蟲罷了。在那虛無當中，漸漸有一種假如有毫不在乎做壞事的小蟲的話，那我毫不在乎捏死牠也無所謂的想法。……當個女記者很有趣吧……這類的胡思亂想也是那個時候的事。

身為女人會去思考虛無什麼的問題，恐怕是一個不具女人價值的女人吧？同班同學幫我取「火星之女」、「男人婆」之類的綽號。不知為何每次看到我，都好像很可怕般地嘆氣。讓人認為她們因為自己長得不像我這種模樣而感到安心，不過有不一樣嗎？

我的父母也是每次看到我，都只會嘆氣。對他們以全無身為父母親慈愛的絕望眼神看我的心情，我敏感到有些過頭的察覺到了。

我永遠無法忘記的是今年三月十七日，我畢業典禮那天下午的事。我從典禮回來，把制服更換為家居服時，父母親在飯廳談話的內容，我沒打算聽卻都聽到了。

「不把她處理一下，兩個妹妹恐怕也嫁不出去吧。」

「對啊。最好是生病，死掉的話更好，可是她卻從來不生病……」

「哈哈哈。真是遺憾。可是不完美歸不完美，總還有其他用途吧？」

聽到這些對話時，我的心情……儘管想在世間當一個堅強的女人，內心還是對各種愛情有熾熱的執著，但是我清楚知道連身為一個人最後的親情也遠離時的不堪……雖然我非常明白在對話中充滿的冷漠和嫌惡，不過是父母親對親情的扭曲，可是在暗示我已處於除了自殺沒有其他路可走的立場時，我的悲傷……不能永遠當個火星之女的窮途末路處境……縱使如此，因為軟弱而不敢自殺女人的苦悶和悲痛，男人能夠了解嗎？

我在廣漠的空虛中，竟無容身之處。

我在聽完父母親的對話的傍晚，用過晚餐不久，藉口說是和朋友一起去看電影，穿上母親買給我，至今不曾穿過的銘仙[2]布料縫製的華麗圖案和服，為不讓兩個妹妹發現，悄悄從家裡溜出來。從學校後門旁空地那棵白楊樹後方，翻過水泥牆，跳到校園廁所後面。對我來說，這是輕而易舉的小事。

許久不曾來，我再度坐在那棟廢棄屋二樓的藤椅上，眺望那片令人懷念而寂寞的天空，漫無邊際想著寂靜又虛無的回憶，忽然察覺有穿著氈料草履的腳步聲，從人影皆無、星空下遼闊暗黑校園裡的這棟廢棄屋附近傳過來。接著，有人悄悄踏進樓下黑暗的地板了。

黑暗中突然伸出一雙滿是毛的男人的手，將我緊緊抱住。然後對我講出料想不到，也是我有生以來第一次聽到的綿綿情話。

「……妳來了，謝謝妳。妳真的來了。能夠把我這個單身可憐的老人從煩惱中拯救出來，只有妳一個人。如果沒有妳，我就活不下去。請妳要可憐我這個單身寂寞的教育家……好不好……好不好？我們都了解彼此只有一個人的孤單心情……對不對……對不對……對不對？」

2 銘仙，是平織之絹織品，其特色為顏色和圖案鮮豔而大膽。

那個聲音……那些話，我發現那確實就是校長時，我是有多麼驚嚇啊。

我整個身體和心臟的跳動，變得如堅石般僵硬了。

……為什麼會知道我到這裡來呢……想到這問題的瞬間，我想起從職員室最左邊窗子可以清楚看到後門的動靜，可能校長有什麼事到職員室，剛好看到我的行蹤，不知道他是不是先從弓箭練習場的板牆後方繞過來……等等諸多事在我混亂的腦中湧起。原本我就是一個老好人，即使在那種情況下，還是本能地盡量努力為校長所作所為做出善意的解釋，對於校長所說的話不全然沒感到相當不自然，最重要的是察覺到校長做出那般出乎意外的瘋狂事情實在太離譜了，但是懦弱的個性令我無論如何也不敢去違逆，黑暗中我就這樣被他兩臂緊擁，全身僵硬低垂著頭。

啊……沒出息的我……那時我認為只要稍稍喊一下，在社會上頗負盛名的校長，一切名聲和地位全都會化為烏有，我被這種恐懼所籠罩以致一動也不敢動。

……啊……可憐的我……我被校長所說那句「相互都了解孤單的心情」身不由主就被打動了。因而淪入一種被困在怎樣都逃脫不了命運的悲情中。

……啊……愚蠢的我……失策的我。校長根本不是如外面所評價的聖人。為什麼我絲毫沒想到校長是和另一個女人相約在此……而把我誤以為是那個女人。或許我的內心深處還留著敬意，讓自己不容去懷疑校長吧。

……啊……膚淺的我……我對校長在金錢方面的醜陋行徑一清二楚，不過始終相信他在女人方面是潔白無瑕。縱使他做出如何不像話的事，我一直堅信校長一定是會對死去的師母守住男人貞操的可敬之人。如同聖人般的校長竟有那樣隱密的苦惱，這是多麼可憐的事啊。他把這些事向我表明，真是太惶恐了……我想著想著當中就悲傷到什麼都不知道，只是一直哭一直哭。不過腦海中盤旋諸多傷心回憶的同時，我卻緊貼著校長的胸膛。

不知不覺中，時間飛快流逝。

……啊……然而那是多麼悲哀、可恥的一場春夢。

不久，虎間寅子老師來了……我是遭到這個被我們稱為肥女人的資深英語老師如何粗暴對待？在黑暗中，我費了好大的力氣推開虎間老師才逃離那棟廢棄屋。

我先跳出水泥牆外後，立刻又偷偷來到弓箭練習場，耳朵貼在那棟廢棄屋小門的縫隙，注意偷聽他們兩人在爭吵。

那時候，校長不知道有多狼狽啊？雖然不知道他臉上的表情，多半是倉皇失措吧？等到我的眼睛習慣黑暗，悄悄往裡頭窺看，校長跪坐在地好像運動會上紙糊的達摩人偶，雙手平擺在氣勢凌人的虎間老師面前，邊以哽咽的聲音請求原諒邊猛磕頭。

「不，不要說是弄錯了。你並不只有一個女人而已。你以那種手法欺騙過好幾個女人。我對所有事情都一清二楚。你向成績差的學生說要讓她們的分數提高，然後向那個學生或她們的母親提出一些要求，我都很清楚。你的生意手段，就是你口袋裡全校學生的考試試題。曾經到過你住處二樓的學生和她們母親的姓名，全部記在我的筆記本上。你的房東太太對這些事為什麼守口如瓶的理由，我從很久以前就清清楚楚了。哈哈哈……

還不只那些，現在那個五年級的資優生殿宮愛子，不就是你的親女兒嗎？對啊，想隱藏都沒法子隱藏。每天每天都仔細看她那張臉，突然就明白了。孟德爾定律很可怕，不是嗎？女兒長得像父親，兒子長得像母親，果真沒錯。仔細看，根本就是你的翻版，不是嗎？那個被你玩弄到懷孕而無法畢業的登米子……你就因為舞坂登米子懦弱而欺騙她、玩弄她，還做媒將她許配給那個小白臉的好色之徒殿宮小公爵。然後帶著那個少不經事的殿宮少爺玩樂，讓有如天使般溫柔、老實的日本婦女風範的殿宮夫人感到痛苦、懊惱，而你卻將此事當成一種祕密的樂趣，是不是？……你原本就是那種性格的人。對於自己不為人知的蠻橫、沒天良的雙重性格，隨時隨地都感到很有趣、很自豪，你根本就是一個有變態嗜好的極端個人主義狂熱者。

目前知道這件事的人只有我和舞坂登米子……也就是現在的殿宮夫人兩個

人而已，連當事人愛子好像也並未察覺，只是一味深信你是一個具有高尚人格的校長而尊敬你。另外，舞坂登米子唯恐影響你的名聲，那種難能可貴的思慮，你能理解嗎？因為我從和舞坂一起住在學校宿舍時，就是非常要好的朋友。讓我要好的朋友舞坂哭泣的人就是你，我怎會不知道呢？……我從那時候就對你的生活感興趣，費盡苦心找機會接近你。這樣，你明白嗎？所謂女人的心眼是很恐怖的。哇哈哈哈……

不、不。我怎有默不吭聲的理由呢？因為我和一般軟弱無力的日本女人不一樣。我是一旦下定決心，就有自信堅持到最後的女人。不是自誇，我可是一個靠自己獨立撫養兩個兒子的女人。我是深知世間萬般事的女人……你在二十年前，緊抱著如天使般美麗的舞坂所發表的愛之宣言，我也知道喔。請妳、請妳要可憐我這個孤獨的單身漢……哈哈哈……」

接下來的對話，可能因為過於驚慌失措也無法一一記住。總之，校長拼命辯解，虎間老師終於接受他是認錯人這個理由。然後以虎間老師的薪資提高為奏任待遇[3]作為條件，才願意原諒校長的過失，雙方達成這樣的約定。

然後，他們好像開始悄悄討論如何讓我閉上嘴的方法。「咯咯咯」笑聲中隱約傳來「大阪」啦、「廢物利用」啦等字眼，大部分的談話內容都聽不清楚。自認不是那種即使可以告訴別人就到處亂說祕密的人，我只是感到悲哀地聽著。最後，兩人做出如此的對話。

「可以了吧？森栖。萬一你忘了將薪資升為奏任待遇的話，你的損失會很慘重喔。我啊，今年春天兩個孩子分別從大學和專門學校畢業，而且也存足這輩子的吃喝費用了，所以無論被人家說什麼都不怕。不過我還想存下孩子的結婚費用和拿到恩給就好……所以任何事我都敢說出去喔。知道嗎？森栖。」

「是是是。絕對不會忘記。完全明白了。啊！為了那個意外的錯誤，擔心得不得了。」

3 明治時代的官等分為奏任和判任，有如台灣現行的簡任、薦任、委任。當時「教員等」為大學一等至五等教授享奏任待遇，中學只有一等教員享奏任待遇，以下至五等為判任待遇。

「話說那個女生，怎會跑進來這裡呢？真讓人不舒服……」

只聽到這裡，我就偷偷從小門離開，再從弓箭練習場後方防火牆旁出去，走進後門的公共廁所把頭髮、臉整理好後悄悄回家了。

那一晚，整個腦袋好像捲起龍捲風般一直在旋轉，無法閉上眼，雙手緊緊抱胸到幾乎快麻痺，直到天亮。縱使被宣判死刑的人，也不致於那般畏懼黑夜結束吧。

翌日早上，發覺自己整個人非常倦怠。感到好像激烈訓練後想嘔吐般疲倦，窗外陽光竟有一股焦臭味，想起床卻目眩到難以忍受，有生以來第一次整天躺在床上，可能是神經受到強烈衝擊所致吧。我跟父母親說好像感冒了，傍晚請來說是住在附近的大學助教授看診，是一位年輕醫師，可是並沒有哪裡不舒服，也沒發燒，脈搏也正常。醫師覺得很奇怪，歪著頭苦思。然後就從我的左手抽了一點血帶走，那滴血最後竟成為讓我和校長陷入窘境的重要之血，當時我的腦子一片混亂，萬萬都想不到。

翌日又翌日的早上……也就是事發第四天早上。我總算恢復幾近平常的平靜心情醒過來。那可要歸功昨晚年輕醫師給我的安眠藥。我穿著睡衣走到庭院，慢慢抬頭仰望尤加利樹樹梢上的湛藍天空。

然而，那時候我悲傷的事是……

校長，不管人家怎麼說，我終究還是一個女人。

我明知道那是不道德又禁忌的事，卻怎樣都無法對校長產生怨恨。比起這件事本身，校長非做那件不道德又禁忌的事不可時，那種懦弱、卑鄙的心態，才是讓那時候的我感到無比痛心到不知如何是好。縱使以任何禁忌的方法，我也願意去拯救那位痛苦、寂寞的校長，並規勸他回歸正確、光明的道路……甚至認為那就是如我這般的女人被賦予的道路，那就是我與生俱來的命運。當校長對我說道：

「請救救我這個可憐、孤獨的老人吧！」我無法不相信那是校長發自內心的真實心聲。縱使那是認錯人才對我說的話也沒關係……

我已在不知不覺中，變得不再虛無了。多虧校長，讓我身為一個女人的純情開始覺醒。

……我真是愚蠢到無止盡……

「要不要去大阪？」

父親找我商量這件事，就在早飯前的客廳裡。繼母平常對我相當冷淡，好像對這件事也頗感興趣，興致勃勃坐在我旁邊的椅子。

節儉的父親邊抽著金嘴香菸，邊以不曾有的笑瞇瞇口氣說話。

「妳不是說過想當新聞記者嗎？」

「是啊。曾經考慮過那件事。」

「也不討厭攝影，是吧？」

「是啊。非常喜歡攝影。」

父親知道我向各種報社和雜誌投稿，作品也曾入選攝影沙龍，為什麼還要問呢？我覺得有些奇怪。

「……所以，我認為剛好適合。大阪有報社徵求跑體育線的女記者。聽說工作是到各地女學校運動社團採訪，訪問和攝影都需要。昨天，森栖校長特地來到我辦公室（林務署），說是只要妳願意，對方可是求之不得。好像也可以送出國，這麼好的機會很難得。薪俸一百圓，獎金三個月份。若是願意的話，校長就打電話給大阪方面，立刻能出發前往……」父親如此說道。

那時候，我竟然還能那般沉住氣。實際上，比起三、四天前在廢棄屋所發生的事，這時候從父親口中聽到要我前往大阪的事，反而讓我整個人徹底被擊潰。

我從來不曾像當時那樣被背叛過。校長打算把我送到大阪……這件事讓我陷入絕望的悲傷中。

「……請讓我考慮一下。」

我如此回答當下，內心已是充滿淚水。不知什麼緣故開始抽抽噎噎地哭起來。

父親看到這種情形，從椅子站起來往前更靠近一步說道：

「這不是很難得的機會嗎？……這是一個連大學畢業的男學士都只有月薪三十圓、二十圓，人浮於事的社會啊。哪裡有什麼必要再考慮一下呢？……還是有什麼顧慮嗎？妳有什麼不能去大阪的理由嗎？」

我之後之前，連一次都不曾聽過父親那般嚴肅說話的聲調。因此我不由得抬起頭看看父母親，他們兩人露出有如審問罪大惡極的犯人般，比父親剛才說話聲調更為嚴肅、僵硬的表情凝視著我，令我感到很驚訝。

縱使這樣，我仍然不在意地搖搖頭，如此說道，

「不是。沒有什麼特別的理由。只想考慮兩三天而已。畢竟這是一生的大事情……」

這時候，父母親以異樣的白眼互相交換一下眼神。於是父親故意咳了一聲。

「嗯。那麼我問妳，妳是不是有什麼事瞞著我們？因此才不能去大阪，是不是？」

我頓時嚇一跳，隨即保持鎮定，若無其事搖搖頭。嘆了一口氣後說：

「不是。什麼也沒……」

「那麼……妳大前天晚上，跑到哪裡去呀？」

繼母冷冰冰又平靜的聲音，從旁插話。

我有如被無聲的雷擊中般，垂頭喪氣。我的臉恐怕也如死人般蒼白吧。頓時非常激動，心怦怦跳，整個身體有如被撕裂般而淚珠直落在穿著睡衣的膝蓋上。

……我的幻滅就是校長的幻滅……校長的幻滅就是我的幻滅……我的幻滅……校長的幻滅……所有一切都幻滅……現在馬上就要幻滅……然而，不管發生什麼事也不能讓它幻滅。絕對不能坦白說出來。這是我和校長兩個人要牢牢守住的祕密，不管到哪裡不管到哪裡，都必須以倒栽蔥墜入深不可測的阿鼻地獄。……就是……就只有這些想法好像電風扇般在腦海中轉啊轉啊地思索當中，循環在我全身的血液化為眼淚，積滿腦子後聚集在眼睛裡，滴滴嗒嗒流出來。與此同時，我的心臟和肺臟，在無垠無涯的虛空中瘋狂交替波動的那種恐怖，讓我感到自己連聲音都發出不來了。

「妳想瞞也瞞不住了。前天醫師取了妳的血清，到大學檢驗的結果，發現妳已經不是處女了。」

繼母就在我旁邊，長長嘆了一口氣。比完全陌生的人更為冷漠，比完全陌生的人更像完全陌生的人的嘆息……

「前天，為妳看診……昨晚也來過家裡的醫師，為了這方面研究還到過奧地利，是有名的醫學博士。妳找什麼藉口都說不通，科學上的證據確鑿……活生生……活生生……擺在我眼前……」

……多可怕的科學力量啊……

我已經不是純淨之身一事……甚至自己都不這麼認為的轉瞬間即消逝的事情……所謂只檢驗一滴血就明白……

……多麼殘酷的科學審判啊……

我一下子就呆坐在地毯上……在父母親的腳下爆哭。

窮途末路的我……

父親逼我無論如何必須說出對方是誰。絕對不會做出不講理的事。一定會成全妳。沒察覺到有人喜歡妳，都是我們不好。不管對象是誰，妳都要坦白說出來。難道不明白為人父母的苦心嗎……他們流著眼淚逼我說出來，雖然我哭得死去活來，終究還是頑強到底。坦白說出校長姓名這種莫名恐懼的事情，無論如何都做不出來。

這是我有生以來第一次違背父母親的命令。辜負了父母親的苦心。這都是為了校長的名譽……那時候我為什麼沒有變成瘋子呢？

到了那天正中午我已經哭到精疲力竭，直接就躺在床上。吞了不少安眠藥，就在嚇到臉色蒼白的兩個妹妹看護下，呼呼大睡。我想假如能夠就這樣死去就好……

翌日，三月二十二日，是我們第二十七屆畢業生舉辦對校長的感恩會的日子。

啊！感恩會……對我來說，這是多麼淒慘、悲傷、可怕的感恩會啊。

我還沒完全從安眠藥中醒過來，還在昏昏沉沉中，死也好生也好，不管生死連想都不願想，整個腦袋一片混亂，我再度穿過母校的大門。

我想再見校長一次。他會以怎樣的神情看我呢？……而且……天上天下我就只有這麼一個指望……

校長一如往常穿著老舊長外衣，站立在出入口，看到我時還露出微笑。他一如平日給人一副高貴感，和藹慈祥校長的模樣。

「……啊……甘川同學早啊。剛好有話想跟妳談一下。現在還有點時間……」

他以平靜的聲音話一說完，就拉著我的手往對面的樓梯走上去，把我帶到二樓走廊盡頭的空教室。接著，依然露出無比親切、高貴、慈祥的表情說道：

「怎樣呢？妳的父親已經告訴妳了嗎？下定決心前往大阪了嗎？」

話一說完，再次露出微笑。

校長的臉龐，絲毫沒有兩三天前記憶中的模樣。柔和臉部的肌膚泛著光亮，嘴角掛著如神般的笑容……那一晚發生的事該不會是作夢吧……我該不會做了什麼荒誕的夢，以致鑽牛角尖吧……我甚至如此認為。

雖然混亂的腦子滿是想都沒想過的事情，我還是想乾脆拒絕前往大阪。那時並沒有特別高興、悲傷、生氣之類的情緒，大概是我的腦髓已經麻痺的緣故吧。

不過，校長並不死心。

「這都是為妳好……假如答應這個工作的話，可以保證妳一定會有好姻緣……喜愛運動的年輕好男人，正在報社等著呢……」

他說了諸如這類的話，愈來愈親切，再三反覆說教，我低垂著頭聽他這些話時，偷偷瞄他一眼，校長的眼神冷漠……透出宛如吃人魚般蒼白、惡毒、冷酷的眼光……

當我看到那無法形容的無情、冷酷眼神的一剎那，差一點尖叫……惡魔……並想上前揪住他，而我悄悄嘆一口氣後又低下頭。因為我對自己想把所有一切都撕裂的想法，感到可怕……

這時候，校長的聲音又在我的耳際響起……比剛開始說話的聲音更加熱烈……有如在祈禱的聲音。

「……好嗎？……甘川同學。好好考慮一下。萬一妳不願前往大阪的話，將帶給妳的父母親以及兩個妹妹多大的精神困擾，妳知道嗎？妳的父母親說，若是妳這樣繼續下去，將來組成家庭，過幸福生活的可能性微乎其微，為此他們擔心到晚上都睡不著。這是我由衷要對妳說的話，妳到底將來打算做什麼呢？我這麼為妳著想的心，妳能明白嗎？」

果真就是一派校長大人的說詞……我憎恨這種宛如高尚無比人格又帶著威嚴和溫情的措辭方式。我再次感到憤怒，有種想把一切都宣洩出來的衝動，那時候我已下定決心，雖然整個身體不斷顫慄，還是忍耐住而說道：

「校長的苦心，我都明白。請讓我再考慮兩三天。我絕不做違背校長心意的事情……」

這是我有生以來第一次說謊話。

那時候我已下定決心的事，並沒有違背師長的心意。假如校長能夠察覺到我當時下定決心內容的一小部分，他也許會當場氣絕吧。

我看到校長那種毫不在乎，如石頭般頑固的神情，當下我就認定不使出非一般人的手段無法讓校長反省。我發現假如說我是從火星來的女人，校長無疑就是從土星降落的超特級惡魔……無論發生什麼事絕對都不會錯……而且非想出一個讓校長徹徹底底畏懼的手段不可……光殺死他還不夠……非得讓校長在這個地球表面上，求生不得求死不得，定要比在熱鍋裡還可怕，我下了如此堅定的決心。

我面帶微笑平靜走出教室，與好像在入口窺探情形的虎間肥胖子老師碰個正著，我的情緒已經恢復，於是若無其事並恭恭敬敬向她鞠躬行禮後走下樓梯。之後校長和虎間老師不知在商討什麼，不過那些事已經不構成任何問題了。

我走進樓下當休息室的裁縫教室，和同為畢業生的大夥閒聊，一起歡笑一起吃糖果，這樣過了約一小時多，如此敞開心胸和大家愉快地歡樂應該是有生以來第一次。其間，我把長得瘦高、長得醜、被叫火星之女的所有事都忘光光，不知怎麼只有種和大家依依不捨的心情，盡可能想和更多同學面對面，一起笑，一起手牽手一起懷念在校的日子，那一個多小時可能是我這一生當中，終於覺得自己像個人，也是最快樂的時光吧。

不久開始的感恩會模樣，我不能不稍微詳細描述一下。因為那是掩飾校長的敗德，世間僅此一場且幾近令人眩目的美好、高貴的戲劇。那是除了我之外無人發現……同時也是只對我一個人進行欺侮、恐嚇的世上最恐怖，也是最漫長的拷問……

首先，全校學生合唱《君之代》[4]時，那種純真、莊嚴無比的旋律傳入耳際，我整個人直打哆嗦，坐立難安的莫名恐懼，令人只想逃離現場。……從心底禁不住開始顫抖……那是「君之代的拷問」……

接著，家長代表由督學官殿宮先生站上講台，發表一場精彩的演說。對於校長的高風亮節，極為流暢地一一列舉說明，全場氣氛多麼莊嚴感人啊……

有關校長銅像的捐款，由教務主任小早川老師報告後，畢業生代表殿宮愛子……那時候什麼都不知道的愛子，捧著所有捐款名冊時，校長若無其事露出有些高興的神情……

4《君之代》，為日本國歌，內容出自《古今和歌集》卷七「賀歌」卷頭，經明治、大正多次沿革，昭和五年（1930）正式訂定為日本國歌，為世界上最短的國歌。

川村書記的事務報告後，校長開始感謝演說。其言詞令人感動落淚……其真情流露……其神態莊嚴崇高……而且，就是如此，正因為如此的演講，不管哪位詩人都想不到其涵意有多麼邪惡……

「我自己沒有孩子。因此，我把各位都當成自己的孩子看待。……這五年來，從妳們的姓名、妳們的面貌，甚至妳們的性情，我都一一記住，妳們有如潔淨毫無瑕疵之玉般培育出來的身影，烙印在我的心底。我卻要把這樣的各位送到驚濤駭浪、充滿不公不義的世間，在最後離別之日的今天，我怎能心平氣和呢？又怎能不感慨萬千呢？正因為妳們是如此纖弱、美麗、善良，比起把英勇的兒子送到戰場的母親更是充滿哀傷的情緒。

……人生就是戰場，自是毋庸再說。現今的社會，被所有卓越的科學文明力量，掩飾得如此美麗，不過若是去思考其真實內容到底是什麼，就會發現好像野生動植物的世界……和所謂叢林啦、原始森林啦、非洲的黑暗地帶是同樣，無論是精神面還是物質面，人類彼此都身陷『吃人或被吃』的恐怖生存競爭戰場。從無休止的生存競爭中所產生，一切不公不義的社會罪惡到處都充滿『吃人或被吃』的情形，因此對於心地善良、涉世未深的大家來說，迷惑於是非善惡的嚴重、危險、可怕場面，到處都在等待妳們，希望大家從現在起對於此事不能不有所覺悟。

……正如我常說的，直到今日的人類文化歷史，就是男性的文化歷史。而且所謂這個男性歷史是從個人之間的角力鬥爭史開始，經過集團武力的競爭時代，目前則進入金錢的鬥爭時代。也就是以名為弓箭砲火的武器，改由以名為金錢的武器取而代之的時代。因此，在以前的武力鬥爭時代，為了戰爭，也就是為戰勝敵人，無論是如何奸惡、不人道的手段，都認為是不得已而被允許，同樣在現在的社會，為了金錢，以及伴隨而來的名譽、地位，只要不抵觸法律，不為他人所知，無論如何毒辣、不人道，也被認為儘管去做不構成問題。更極端地說，現今的世界，無論是國際關係上，還是個人關係上，若不能做到蠻不在乎地無視良心、蹂躪人道的殘酷，並當個冷血者，絕對無法成為勝利者，如果這樣形容這個世間應該也沒什麼大錯。

……也就是說現代的男性，是以金錢為武器而戰的黑暗鬥爭時代的鬥士。能夠毫不在乎地巧妙使出無良心、無節操的暴力或策略的男性就成為勝者，成為統治者，做不出那些事的善良人，就成為挫敗者、弱者，這種事充滿在我們日常所到之處。……所以我不能不說這個世界由善良、美麗、愛好和平的婦人來統治的時代，還在遙遠的遠方。

……因此各位，務必以生而為婦女感到慶幸。可能有人知道吧？在淨琉璃《太閤記》中，明智光秀計畫謀殺君主以取天下，遭到母親和妻女反對，反而叱責她們『此非女子所知之事』。無論在那個時代還是現在都一樣，婦人把那些醜陋、邪惡的生存競爭全部交給男性處理，然後不約而同都獨占了美與愛的生活。以其純真、純美的愛心，致力於烹飪、裁縫、育兒等事，努力美化、安定她的家庭生活，教育子孫具有正直、善良的心。然後逐漸克服較量腕力、武力的野蠻鬥爭世界，造就出古人無法想像的幸福安樂的今日文明世界。

……所以各位絕對不要害怕這些事。我已灌輸大家崇尚和平的心，教導大家忍耐服從和愛美的心。各位要以這樣一顆心，抱持著非與男性所創造的殘酷、無血無淚、厚顏無恥的敗德世界對抗不可的使命，從沒有歷史的古代以來，從心底的本能代代相傳下去。所以只要憑著各位崇尚美麗、善良、和平和忍耐順從的本能，世界就能早日淨化、良心化，由人類共同的心所形成的和平世界……為早日完成以婦女美德所統治的世界，大家只要每一天每一天都要全力以赴就可以。

……這絕不是困難的事，也不是難以理解的事。家庭中婦女的美麗本能……清純愛情，是唯一可以和男性對抗的無敵武器。無論如何暴戾、無血無淚的男性，身處由婦女以無盡的順從和無邊的愛情所守護的家庭裡，也能徹底安心並能享有和平的心境。不知不覺中在他的內心最深處給予強大感化。而在家庭裡掀起紛爭的婦女應該就是災難吧……請各位早日建立一個健全的家庭，養育很多純潔、正直的子女，盡可能使未來的日本國變得清新、開朗、正義、強大，這是我由衷、永不停息的期望。

……我是為了這麼一個希望，放棄一生的幸福，專心教育事業的人。……我再重申一次。各位都是我心疼的孩子。為孩子要進入神聖戰場，今天要送大家出社會，聊述我的心情……臨別依依……」

校長話說到這裡時，全場響起如雷的掌聲久久不歇……之後，啜泣聲和嘆息聲持續了好一陣子……

接著和畢業典禮一樣，唱起涙流滿面的驪歌……

啊！多麼感人肺腑的場面啊。多麼清雅高潔的校長之姿啊。

感恩會一結束，我便在回家途中前往殿宮督學官宅邸。見到被稱為學校第一美人、第一資優生的殿宮愛子，我告訴她有很重要的祕密，兩人就在客廳開啟密談。

殿宮愛子在校時，是我最親愛的愛人。朋友當中，真正了解詩的只有愛子一個人。雖然誰都不知道，有時我們也會偷偷相見，都不知道相見多少次了，正是約在那間放雜物的廢棄屋二樓，談論虛無之類的話題也已不只一次、兩次了。但是來到她家還是第一次。

殿宮愛子真是一個堅強的女子。聽我講述時，既沒露出驚訝神情也沒哭泣，雖然緊緊咬著美麗的嘴唇，靈活動人的眼睛泛紅而閃著光輝，平靜聆聽我冗長的敘述。直到我講完話，才從濕潤的眼眶掉下幾顆眼淚，以經過深思的斷然語調開口說話。那是非常悅耳而平靜的聲音。

「……謝謝妳。歌枝。多虧妳才讓我至今不明白的事終於完全明白了。我現在才知道親生父親是誰……妳要讓森栖校長反省，我要向妳的好意致謝。雖然不知道你說的復仇是要怎樣做，照妳所說，不讓其他人知道只是要讓他反省，如果是這種意思的復仇，我認為是一件非常好的事。復仇的方法就由妳決定，無論用什麼方法，我都不會有怨恨。另外，如果這樣父親……校長還是不肯反省，到時我一定會把妳留給我的信，依照妳的指示寄出去。對，絕對不會去看信的內容……無論是誰……連對我的母親也不會說出這個祕密，請妳放心。我完全相信妳。……因為除了讓妳報仇雪恨外，我也不知道有什麼其他方法來償還父親……父親的罪孽……

……不過……這暫且不說，妳到大阪一定要寫信給我……一定……喔。」

愛子話說到這裡，眼淚就撲簌撲簌掉下來了。她也不擦眼淚就跑過來，緊緊握住我的手。這是感慨萬千的握手……

於是，我的準備工作至此結束。

當我答應去大阪時，父母親的喜悅，還有校長特地來家裡的讚許，那真是夠受的了。那時候我提出一個無理的要求……不要讓任何人知道我去大阪，我想要獨自一人出發。大阪的新聞社分部也不必通知，現在我立刻就出發。對於我這種任性的要求，他們也不囉唆直接答應了。

事實上，我並沒有前往大阪。

感恩會那天傍晚，我穿上新洋裝，帶著手提包，一身輕裝打扮，向父母親告別離家後，直接前往殿宮督學官宅邸，我以即將出發到大阪為由，硬把愛子找出來，一起到西洋亭，兩人好好享用一頓豐盛料理，當作離別晚餐。然後一起到現代照相館，拍攝紀念照片，在照相館的沙龍兩人緊緊擁抱親吻許久，淚流滿面到看不清彼此的臉。

之後，對我的計畫絲毫不知情的愛子說是一定要送我一程而來到車站，無奈之下我只好假裝搭火車到大阪，不過隨即在途中下車搭車子返回，投宿在郊區一家冷清的旅館。然後穿上在附近二手服裝店買來的黑西裝、黑帽子、黑眼鏡等一身黑打扮，學著男人的走路方式，緊緊跟蹤在校長背後。手提學生用手提包內放著又長又耐用的麻繩、覆面用黑緞子包袱巾、用慣的舊式柯達相機、最新型小閃光器、火柴，以及為切割相紙的安全剃刀的刀刃等，這是前一晚在旅館屋頂上研究使用方法，並練習完畢的各種物品。對校長來說，那是比手槍、比毒瓦斯、比任何東西更可怕的復仇武器。

這種事校長連作夢都想不到吧？反而認為把我趕到大阪，總算可以放心了吧？校長在感恩會過兩天的二十四日傍晚，一副好像要去哪裡出差的模樣，身穿嚴肅的禮服、頭戴圓頂禮帽，小心翼翼抱著像似裝有文件資料的公事包，一離開住處，就沿著暮色中的街道匆匆趕到郊外，往天神森林方向走過去。……然後……雖然我的心情極為激動，但仍專心跟隨在後，果然在天神森林有二位穿和服的男士正在等候。一個修長的影子和一個矮胖的影子……走近一看，果然如我預料的就是駝背川村書記，和美男子殿宮督學官，當發現自己判斷無誤時，我的快樂真是無法形容。

森林外的國道上，有一輛車內熄燈的敞篷車，裡面坐著三個年輕的藝妓，靜靜地等候。我發現時，迅速將手提包繫在腰間，以黑包袱巾覆面，幾乎就在他們三人上車的同時，趁著天黑迅速跳進放置備胎的空間，我縮著身子搖搖晃晃中跟著行駛而去。當我知道車子的目的地，果真如我所預想就是溫泉旅館，那時我感到非常安心、滿足……湧起的冒險心和好奇心……多麼興奮又雀躍不已。因為我的復仇從一開始就把溫泉旅館設定為目標來研究、計畫……還有，因為從第一天的第一步，就完全如我預想，順利進行……

不過此時我正巧想到一個惡作劇，假如我做出那個惡作劇，車上的人會多麼驚嚇啊？

那是一輛雪佛蘭的敞篷車，也許真是天助我也。加上我剛好準備了安全剃刀的刀刃，也許這就是一個奇蹟。在搖晃的車內，三個人嬉鬧喧嘩中，根本沒發覺我在後窗的周圍切出一個U字型的小洞。

當我從小洞把手伸進去時，校長正好從最左邊最可愛的舞妓背後一把抱住，我輕易取走那個舞妓的花簪，還有歪斜戴在校長頭上那頂圓禮帽，從車上跳下逃走時，我的腳力果真發揮大作用……年輕司機邊喊「小偷！小偷！」一邊拼命追過來，那是在天黑不久的平坦國道上所發生的事……

我右手拿花簪，左手抱手提包，嘴巴緊緊叼住帽子，我都還沒感到氣喘吁吁，司機就早已被我拋在遠遠的腦後。於是我又返回市內，偷偷打電話給大為驚訝的殿宮愛子，告訴她我在復仇工作中意外取得之物，兩人都由衷感到慶幸。

因此，那個圓頂禮帽和花簪，現在理應在殿宮愛子手裡。當您讀到這封信時，可以立刻去向愛子取回。我不知道到底會展開怎樣的戲劇性場面……

然而，我的復仇工作還有真正目的要完成，因為我所知道僅只這些，不可能讓校長反省。

「愛子……假如校長真心懺悔，向妳母親道歉的話，就把帽子和花簪還回去……假如校長沒來拿回去，請和妳的母親商量，這兩樣物品就按照妳們喜歡的方式處理……」

我留下這些話後，接著立刻雇一輛廂型車直接前往溫泉旅館。

……啊……溫泉旅館……正是那家有名的溫泉旅館，我還沒想到要對校長復仇之前，受好奇心所驅使，從學校下課後就搭乘溫泉火車來過好幾次好幾次，從裡裡外外到處環顧，詳細探索過的房子。這次的復仇工作……放棄我一生的所有一切，除此之外絕對無法完成復仇的這個地方，我注視良久。

我相信校長那一夥人，多半不會因此折返。敞篷車後窗挖洞，惡作劇的壞人，到底有什麼目的呢？當時那三個人肯定不知道。何況他們也不會察覺做那件事的人，是理應早就抵達大阪的我。還有三個人好不容易才聚集在一起，今晚的計畫怎會因為受到一點驚嚇就中止呢？他們雖然會為這件有如天方夜譚的不可思議災難大為吃驚，但是吵吵嚷嚷一陣騷動後，就會急忙趕到目的地，我百分之九十九相信。

因此，我在行經溫泉旅館前有點距離的湯川橋頭，讓車子停下來。

然後，我沿著狹窄的小巷，走到溫泉旅館三樓側面，躲在那裡的陰暗板牆後方傾耳偷聽好一陣子，直到從高聳三樓窗子透出明亮燈光的同時，微微地傳出校長的笑聲，這才放下心。於是我立刻悄悄地翻過牆，沿著安全梯來到三樓的緊急出口，從那裡沿著堅固的銅製排水管，從屋簷爬到屋頂，即使我……號稱火星之女，翻上屋頂那一刻，低頭瞥了一眼下方漆黑深處，石燈籠照射下的花崗岩小路，仍然不由得冒出冷汗。

千辛萬苦終於匍匐爬行到目標的紅瓦屋頂的頂端，我從嘴裡叼著的手提包內拿出細繩，將繩子的正中間綁在位於屋頂中央的避雷針底部，末端纏繞在自己身體上邊拉著繩子邊從傾斜的屋頂往下滑。再從屋頂邊的排水管伸出頭，透過下方的迴轉窗，往屋內窺探。

溫泉旅館的三樓，整體像一座眺望用的沙龍。可能是因為快下雨的緣故，暑熱難耐。窗戶上方全都打開，內部的狀況一目瞭然。

房內的情形真是超出我的想像，實在沒勇氣全部描述出來。但是我只寫出必要部分。

高大的棕梠竹、芭蕉、美人蕉盆栽，還有各種奢華漂亮的躺椅，金碧輝煌的屋子裡，體格健壯的殿宮督學官、露出可怕白色背瘤的川村書記、禿頭像隻熊般全身是毛的校長，除了同車帶來的三個年輕女子外，還有兩個較年長、可能是當地藝妓的女人。他們三個男人以那五個下賤女人為對象，得意洋洋地狂歡作樂。已分不出是人還是獸的姿態和聲音又舞、又跳、滾來滾去、爬來爬去、又是笑又是哭。

一時之間，我茫然看著那種光景都愣住了。我想起校長演講時說的「現代的文明是為了男性的文明」，有生以來第一次看到這種像妖怪的人和美女群狂喜亂舞的醜態，驚嚇到幾乎失神。不久恢復平靜後，我把身體倒掛在屋簷，冷靜地拿起柯達照相機對準焦距。然後，故意拿起一根火柴「嚓」劃了一下，看準大家都轉向我這裡的瞬間，按下閃光器，我認為強烈的銀白光肯定都照到大廳另一邊了。

我將閃光燈丟到下方的茂密樹林時，正在躺椅上嬉戲的女人當中有人「嗚——哇」地尖叫，拿起衣服就要穿上。

「那是什麼？剛才那個……」

「好可怕的光啊。」

「有『啪嚓啪嚓』的聲音耶。」

「流星飛過嗎？」

「傻瓜。今晚雲層不是很厚嗎？」

「不。也有星星穿過雲層而落下的事。因為光度很強烈，就像在眼前看到一樣。我曾經看過一次……在小時候……」

「怎覺得今晚是一個奇怪的夜晚啊。」

「看起來好像就在窗外的樣子。」

校長說著，就慢慢踱到窗邊來。

那瞬間，我覺得實在太有趣了，又想出一個惡作劇的方法。

我把照相機和手提包丟進很深的排水管，快速將紮著的頭髮解開，讓又長又蓬鬆的頭髮垂下來。以黑包袱巾遮住穿著襯衫的胸前，大膽地從屋簷邊緣探出半個身體。倒垂的長髮亂飄，同時以幾乎窒息的尖銳而帶著悲哀的聲音慘叫：

「森栖校長，嘿——嘿——嘿嘿嘿……」

從屋內照出來的明亮燈光，校長發現窗外的這張臉時，抓著窗框眼睛睜得大大，直瞪著我看。無恥地全身裸露，白舌頭從張得大大的嘴巴垂下來。那個模樣實在太可笑，我不禁放聲大笑。

「……呵呵呵……哈哈哈哈哈……嘻嘻嘻嘻嘻……」

屋子裡的人，被我的笑聲驚嚇到都站起來。

「那那……是……」

「嗚哇——啊……」

「……誰呀，快來——呀……」

每個人都發出尖叫聲四處亂竄，有抓起別人的衣服就往外跑的女人……有光著身子滾到門口的女人……也有嚇昏倒在椅子上的人……椅子倒了……桌子翻了……破碎的玻璃杯和小盤子……空瓶子滾來滾去的聲音……

……三更半夜，看到從三樓屋簷有個長髮倒垂高聲大笑的女人頭，任誰都不會認為那是人吧……

不久，一切都平靜了，最後剩下和校長一樣直瞪我，呆若木雞的殿宮督學官、川村書記。環視世上竟有如此滑稽模樣的這三個人，直到現在我還是忍不住從心底放聲大笑。

「呵呵呵呵……哇哈哈哈哈哈……我是誰呢？知道嗎……？……校長先生……殿宮先生……川村先生……我就是火星之女喲……哇呵呵呵呵呵呵……咿嘻嘻嘻嘻嘻嘻……哇哈哈哈哈哈哈哈……」

校長雙眼翻白，舌頭就這樣伸出來，好像遇到大地震的佛像般，「咚」一聲往後昏倒過去。其他兩人對此根本沒回頭，還是目瞪口呆看著我。我就此拉著繩子回到屋頂的頂端。我整個人趴在屋頂上，「呼……」嘆一口氣，總算才鎮靜下來。

這時候，我發覺自己累到不知道能否站起來，但是也不能一直這樣休息。看來逃跑的藝妓，已穿好衣服跑去告訴旅館的人，從底下傳來不知是誰鬧哄哄的聲音。與此同時，也看到底下有兩三盞老舊應急燈籠的光影在庭院走來走去，不過我絲毫不慌張。

我把珍貴的照相機放進手提包牢牢叼住，把綁在避雷針的繩子放置不管，爬到屋頂頂端時，變成在另一側邊緣。仰頭看到美麗的星光從雲間流洩出來，不知為何感到一陣心酸，眼淚在眼眶打轉而感到苦悶。突然有一種想從屋頂斜面衝下去，直接往暗黑庭院的小路跳下，一死百了的衝動，但是一聽到從下方傳來有人爬上安全梯的可怕腳步聲，精神立刻大振，我沿著從腳下拉出來的收音機天線，跳到隔壁棟二樓屋頂。然後跳到屋頂近處的一棵大松樹的樹枝上，再往板牆外跳下去。接著橫跑過稻田的田埂路，如此抄短路直奔溫泉火車的車站，好不容易趕上末班車，不到一小時就返回投宿的地方。

投宿的房間已鋪好床。枕頭旁放了一壺像藥般苦苦的涼茶，我坐下不久，就站起來「咕嚕咕嚕」灌下兩三杯，那種甘美的感覺……和剛才在溫泉旅館屋頂上想死的心情正好相反，讓我充滿勇氣。

那一晚，所有底片都百分之百成功地沖洗出來。雖然是小底片，下流模樣的三男五女露出驚嚇望向我這邊的情景，清晰可見，無需再放大。早知道如此，就不必千辛萬苦冒險去偷帽子和花簪以作為日後的證據，想到這裡不由得一個人笑起來。我從那晚一直睡到翌日中午，心滿意足地好好休息一頓了。

今天過午後起來，我立刻火速動筆寫這封信。這麼長的信要寫三封，也許得寫到半夜，說不定會寫到天亮，就算這樣我覺得也沒關係。天亮前，我把昨晚的照片又各加洗三、四張，準備放進每一封信的信封內。

我把信分別裝進三個不同收信人姓名的信封，並拜託依照隨附填寫順序把信寄出去，明天二十六日夜晚，等到整個城市沉睡時刻，我就把信放進愛子家的信箱。

然後，我會拿著很久以前從學校化學教室偷來的×××和脫脂棉，還有昨天就買起來準備好的△△△△和△△△，偷偷進到母校那棟令人懷念的廢棄屋。

我要把積放在那裡的稻草、竹子，還有清一色由紙做成的運動道具堆起來，撒上△△△。然後把浸泡在△△△的蠟燭直接放在榻榻米上，我認為只要二十分鐘，那裡就會變成一片火海。接著把充分浸泡過×××的棉花覆蓋在臉上，我打算鑽進堆滿易燃物的下方。我是一個聞到揮發油就會立刻昏倒的體質，所以聞了那麼多×××，恐怕火災還沒開始前就會因過度麻醉而昏倒，也許真的就死了。

森栖校長……

我要報答您讓我成為女人的大恩。同時，讓我親愛的愛人・殿宮愛子做個真正意義的盡孝者。我不清算所有一切，就無法回歸原本的虛無。

請收下火星之女的紀念品・少女的焦黑屍體。

因為我的肉體永遠都屬於您的……呸呸……

〈解說〉
變格派之雄・夢野久作

林皎碧

一、日本戰前偵探小說

日本戰前偵探小說風潮，可分為一八九〇年代黑岩淚香（1862-1920）為鼻祖的草創流行期，以及一九三〇年代江戶川亂步（1894-1965）、橫溝正史（1902-1981）等作家所掀起的黃金時期。黑岩淚香說偵探小說可區分為偵探故事、疑獄故事以及感動小說，前兩者分別以偵探、法官的觀點，後者以和犯罪相關經偵探或審判的當事人為主人翁的故事。換言之，偵探小說以搜查和推理進行，疑獄故事以法庭審理為主軸，感動小說則以驚悚、懸疑加上其他因素而形成。

因此，明治時期（1868-1912）的讀者對偵探小說的看法，根深蒂固認為就是在解開犯罪或事件的謎底，也就是對犯罪的搜查過程與對嫌疑犯展開的推理過程的故事。江戶川亂步和橫溝正史為有別於此，創作出引人入勝的非事實犯罪故事，許多作家受到兩人的刺激，陸續把潛伏在各自腦海裡的獵奇、神祕世界引爆出來而形成戰前偵探小說的黃金時期。於是，從解謎推理到真實犯罪故事、怪奇幻想故事、情色獵奇故事、魔境冒險故事、間諜故事、科幻故事等無法歸到既有文學領域的作品，都結集在「偵探小說」之下。在一九三〇年代的偵探小說黃金時代，相對於以理論性解開刑事案件之謎的「本格偵探小說」，因運而生的就是「變格偵探小說」。本書的作者夢野久作就在這股風潮中，以描述瘋狂和奇想的內容在文壇上佔有一席之位。

順便一提，戰後因受限於當用漢字[1]，偵探小說的「偵」字無法使用，才

1 當用漢字，是日本政府於戰後的一九四六年從戰前的漢字廢止論、漢字限制論、表音主義論等眾說紛紜的主張中所採取的漢字使用法，當時公布的當用漢字有一千八百五十個漢字，「偵」字不在當中。

有江戶川亂步等人提出改名為「推理小說」的建議。另外也有以懸疑（mystery）小說、驚悚（suspense）小說代之的用法。事實上，無論推理小說、懸疑小說或驚悚小說，雖然和犯罪小說有所重疊，卻不能說相等同。一九五四年當用漢字加入「偵」字，不過大家已經習慣使用「推理小說」的說法，顯然回不去了。

二、夢野久作其人

夢野久作，九州福岡縣人，本名杉山直樹，出生後不久父母親離婚，由開設私塾的祖父教養，三歲開始讀四書五經，並進入喜多流梅津只圓門下，學習能樂，據說其能樂造詣已達師範級。中學時立志當作家和畫家，父親堅決反對，畢業直接進入軍隊當一年志願兵後，前往慶應義塾大學文科就讀，父親出資購買四萬六千坪的土地，要他退學回鄉經營農場。

二十五歲，對家裡因繼嗣引發的糾葛感到厭煩，遁入東京喜福寺剃度出家，改名杉山泰道，法名為萠圓，遍行大和路、吉野路以修行，二年後還俗，繼續經營農場。翌年結婚，進入九州日報任記者，九年的記者生涯，負責家庭專欄，以萠圓、T生、白木朴平、海若藍平、土原耕作、香俱土三鳥、三鳥山人等筆名發表不少童話，一九二二年以杉山萠圓出版長篇童話《白髮小僧》，四年後以《妖鼓》參加雜誌《新青年》懸賞小說，獲二等獎（一等賞從缺）。此後，開始以「夢野久作」為筆名，離開報社，步上職業作家之路。

「夢野久作」筆名的由來，據說是發表《妖鼓》前和其父商量，父親讀了那篇小說後說：「嗯～這不就像『夢の久作』寫的小說嗎？」所謂「夢の久作」是當地人對整天做白日夢或夢想家的一種揶揄話，兒子聽了父親這話，決定以此為筆名，「の」和「野」同音，夢野久作於焉誕生。

雖然夢野久作的作家生涯只有三十七歲以後的短暫十年，其作品卻包含科幻、偵探、幻想等多彩多樣的文風，其代表作《腦髓地獄》被譽為日本三大奇書之一，曾入選日本文化廳「應向外國介紹的二十七位日本近代作家」。

三、作品解說

《少女地獄》為夢野久作死去那一年的一九三六年，由黑白書房將〈什麼都不是〉、〈連續殺人〉、〈火星之女〉三篇短篇輯為《少女地獄》收錄於《新發表偵探傑作叢書》第一卷，其中〈連續殺人〉曾於一九三四年刊載於雜誌《新青年》十月號。雖是三篇獨立的小說，其共通點則是圍繞在人世間的謊話、欺瞞、愛、恨中的三名女性因虛無感而走向幻滅，若說從這三名女性所墜落的妄想地獄、車掌地獄、火星地獄，讓我們看見人心最暗黑的真實似乎也無不可吧？

〈什麼都不是〉的故事從告知主人翁姬草百合子自殺身亡的一封信開始，臼杵利平醫師回想和姬草如何相識，以及她是如何受到病患好評的優秀護士，卻因為無意中的一句話，弄得姬草得以一個又一個的謊話去圓上一個謊話，到了無法收拾時，竟然因為妄想、說謊而至自殺身亡，誠如臼杵利平醫師所說「她終究不得不葬身在自己創作的地獄繪卷的深淵。她以自己的死要為那幅地獄繪卷的真實存在背書，應當也想把我等推落佛教所謂永劫戰慄的恐怖無間地獄當中。」最後領悟她的愛說謊顯然是一種病態的妄想，為掩飾真正的自己，以謊話演出一個完美的自己，掀開謎底後就如篇名「什麼都不是」，讓讀者留下難忘的深刻印象。夢野久作以偵探小說中常使用的倒敘手法來解開如謎團般的姬草百合子，隨著敘述的時間逐漸了解真相，不過本作品的魅力不在解密，而在於描述姬草的種種奇怪行為及其異常性，最令人感到驚悚莫過於到最後的最後還在遺書中說謊，真是執念甚深。

〈連續殺人〉是以從鄉下來到東京當車掌的主人翁友成富美子，寫給憧憬車掌工作的友人山下智惠子的六封信所構成的一篇小說。原本過著低調生活的富美子，因為小學同學月川艷子的一封來信，整個人生因而變調。得知月川艷子不幸遇害，富美子矢志要為同學向巴士司機新高龍夫這個詐騙者兼殺人魔報仇，卻在不知不覺中與殺人魔墜入情網一度失去報仇念頭，最後還是以謊話置殺人魔意外死亡。富美子察覺自身的「惡女」本質同時發現自己已懷孕，感到畏懼不已，最終選擇結束生命。這篇小說的反面到底想表達什麼呢？女性複雜的心理以及對愛情的盲目嗎？無論艷子還是富美子，明知道自己可能遭殺害，仍然抱著僥倖心態相信對方而不願逃命，到底是宛如蜘蛛和蝴蝶般的男女戀情？還是飛蛾撲火的自滅？

〈火星之女〉這篇小說，以高等女學校廢棄屋火災後發現一具焦黑女屍的幾則逐日新聞報導、殿宮愛子留下的一封信，以及甘川歌枝的一封長信、或說是一位女性獨白等三部分所構成的作品。女性焦屍的出現、校長失蹤後發瘋、女教師自殺、書記捲款潛逃，這一連串的怪事不僅令人費解也弄得人心惶惶，直到愛子留下一封信帶著母親離家出走，信中明白指出女焦屍就是自己的同學甘川歌枝後，才經由女焦屍本人的長信娓娓道出真相。一方面訴說自身成長過程以及因身高、運動優勢所遭受的歧視和冷暖極端對待，另一方面譴責校長的敗德、惡行，痛斥教職員的偽善、貪婪，隱約中也可以嗅出甘川歌枝和殿宮愛子之間，似同情又似愛情的感情。主人翁為控訴罪人的骯髒醜陋，竟至將自己燒成焦屍以引起社會的高度注視，然後一個環節扣住一個環節，如此高潮迭起的設定，足見作者不拘一格的創作野心。雖然這篇小說不若另兩篇小說般充滿怪異性，但是火星之女寫在信上「……哇哈哈哈哈哈哈哈……」笑聲，盤旋在讀者耳際久久未歇，令人毛骨悚然。

夢野久作的作品特徵，其一就是以小說中某一人物綿延不休地揭開事件始末的獨白體形式；其二以一封或數封書簡羅列，讀者從中讀出事件來龍去脈的書簡體形式，本書中的〈什麼都不是〉和〈連續殺人〉就是最典型的案例，至於〈火星之女〉可說是兩者兼而有之。夢野久作曾說：「無論是謎團、詭計還是名偵探、名犯人，若無必要都可以捨去。神祕、怪奇、冒險、變態心理等等都好。（中略）若不確保產生某種令人戰慄、恐怖的毒腺元素，良心上就感受不出生存的價值。若不偵探、暴露到底，本能上就無法滿足。」因而對讀者而言，夢野久作的作品並非清涼劑，讀後對書中的詭異恐怖卻異色繽紛的場景反而會在內心深處不斷迴響，我們對這個「回聲」感到顫慄，總覺得不知道在何處即將引發共鳴卻又覺得震撼。這可以說就是夢野久作作品的最大魅力吧？

夢野久作在日本文學史上是一位特立獨行的作家，在變格偵探小說中是一位代表性人物，一九三六年三月十一日因腦中風猝死，享年四十七歲。

少女地獄

作　　者　夢野久作
譯　　者　林皎碧
主　　編　林玟萱

總 編 輯　李映慧
執 行 長　陳旭華（ymal@ms14.hinet.net）

社　　長　郭重興
發行人兼出版總監　曾大福
出　　版　大牌出版 / 遠足文化事業股份有限公司
發　　行　遠足文化事業股份有限公司
地　　址　23141 新北市新店區民權路 108-2 號 9 樓
電　　話　+886-2-2218-1417
傳　　真　+886-2-8667-1851

印務協理　江域平
封面設計　朱疋
排　　版　新鑫電腦排版工作室
印　　製　成陽印刷股份有限公司
法律顧問　華洋法律事務所　蘇文生律師

定　　價　360 元
初　　版　2022 年 06 月

電子書 E-ISBN
9786267102640 (EPUB)
9786267102633 (PDF)

國家圖書館出版品預行編目資料

少女地獄 / 夢野久作 著 ; 林皎碧 譯 . -- 初版 . -- 新北市 : 大牌出版 ,
遠足文化事業股份有限公司發行 , 2022.06
面；　公分

ISBN 978-626-7102-62-6（平裝）

861.57　　　　111006872